pra sempre é um lugar dentro de mim.

EDITORAS ASSOCIADAS

todo mar vai ser você

glaura santos

"vem, te faço um céu"

pra você, meu amor, que se dedicou tantas vezes
a fazer um céu pra mim.
a todos os momentos em que o amor vira um lugar de paz,
onde a gente se esquece, se aquieta e se renova.

agradecimentos

a minha mãe.

a anna luiza, minha irmã, por me ajudar a transformar as horas mais difíceis num projeto, que se tornou este livro.

juliana sampaio e laura guimarães, pelo primeiro olhar, fundamental e encorajador. a cada uma, por tudo, toda gratidão.

paulo azevedo, pela generosidade com que se envolveu e a outras pessoas neste projeto, pela parceria amiga de sempre.

fred bottrel, pelo sim, sem saber o que viria. pela troca rica, por tudo o que trouxe.

fafá rennó e rafael collyer, por sua arte e afeto.

adriana aro, adriana menezes, ana paula valois, andréa costa, anna adamovicz, carla sobreiro, carol collyer, cristina cabral, daniel vítor, duda las casas, eduardo marques, gilka fonseca, guilherme albuquerque, joana alves, luciana tanure e toda equipe quixote-do, marcílio horta e amigos do gefa, nilton miranda, rafael maia, rodrigo collyer, tarcísio ramos homem, teresa aroeira, thaís pontes, a todas as pessoas que acreditaram que este livro tinha um motivo pra nascer. nasceu e renasceu. muito obrigada.

"você é imortal e está dotado da alegria eterna.
jamais esqueça isso enquanto brinca
com a vida mortal, passível de transformações."

paramahansa yogananda

prefácio

sempre tive uma relação muito especial com o mar. para quem cresceu entre montanhas, essas águas que alcançam o horizonte têm um mistério, um poder peculiar de nos tornar ainda mais livres. olhar o infinito, que olha sobre a nossa finitude, em paz. talvez por sermos também água, vem a sensação de que somos o mundo inteiro, infindável, cada um com sua nascente, percurso. uns levam flores, outros arrastam pedras, se tornam torrentes, avalanches... mas todos no seu próprio devir.
você agora tem nas mãos um mar. esse mar de letras em que as palavras se tornam imagens-nascentes de quem tocou no essencial. ele traz a memória de alguém que viveu o encontro, esse cruzamento feito de casualidade, esperado por muitos e alcançado, em sua totalidade, por poucos.

amor

tempo
dor
medo
força
tristeza tornada fé

amor

memória que segue por essas páginas, para – quem sabe?– percorrer o continente, atravessar o oceano. cada partícula foi decantada pela espera de quem aprendeu a lidar com o mistério da ação do tempo nas coisas, em nós. em banho-maria.

um bom prato é assim: feito com ingredientes como a delicadeza e a paciência. e se come aos poucos, para degustar as letras-imagens e os vazios. cada um que os preencha com seu paladar, memória.

entrei nesse mar quando ele já estava nas bodas de açúcar e não saí mais. mesmo à distância, vi sua história, entre as águas do mar e um canto na montanha, uma espécie de santuário que está aqui agora, entre as minhas mãos, no meu olhar.

glaura é da imagem, da simplicidade e do afeto. e com o flávio, presente aqui, formaram um mar para todos nós.

paulo azevedo

2012 · antes de tudo mudar

você, de certa forma,
me deu a sua vida
deixou o mar
e veio ficar comigo

ai, toda hora pode ser tanta coisa

eu sou o que deu pra ser até agora

eu amo
as palavras
queria achar
todas

também
gosto muito
do que
não deve
ser dito

perdi um pensamento importante a caminho do quarto.

palavra que fugiu.

com umas pequenas coisas fico feliz
como naquela lembrança que tenho da infância:
quando você crescer
lembra que quando tinha 5 anos era muito feliz
eu lembro

vou construir uma casa e aqui escrever minha história
esta, a outra e aquela que ainda não foi

(junto com esse texto um desenho de observação meio rabiscado que aponta, puxando setas:
a varanda, um pilar, um cactus, orquídeas, uma palmeira, uma outra árvore,
minha terra, um par de havaianas, meu marido dormindo)

têm muitos céus e todos são bonitos
mas esse aqui, ah, esse aqui

é tão bonito quando a gente olha junto pro mesmo lado
a gente é muito bom nisso

2013 · depois do diagnóstico

11 abr

as lágrimas vão molhar a terra
de onde vai brotar a força
que vai tirar a gente desse lugar desconhecido
vamos sair de mãos dadas
unidos pra vida toda e além dela
felizes com o encontro, com a religação
com a certeza de um amor que tudo pode
que tudo vence, que traz os mais bonitos frutos
capazes de alimentar de alegria
e força infinita nossas almas assustadas
vamoschegarjuntos
num lugar luminoso, quente, beira do mar

12 abr

você chega
meus medos vão embora
fico feliz
..
cor e sabor
remédio pra dor
na mesa te sirvo
todo meu amor
..
eu só quero que isso passe
e a gente volte a ser feliz
e quem sabe outra felicidade venha
diferente da que a gente quis

nossa senhora aparecida, jesus cristo, iemanjá
vêm nossa alma lavar,
fazer entender a dor
e avançar

17 abr

não é não ter medo
é ter coragem

18 abr

é que tem uma de mim
que só você conhece
e pra onde ela vai se você for embora?
somos a mágica do anel de shazan
que precisa de dois pra acontecer
o resto é o que todo mundo sabe
o resto sou eu
e você

29 abr

quinto dia de tratamento, molhando plantas no sítio:
"eu já estou bom!"
eu fico boa junto com você
e não é esta a mágica: acreditar e acontecer?

7 mai

grama verde e céu azul
brincar de roda e ser feliz na beira do abismo
apertar forte a sua mão e rodar com força
deixando a cabeça cair pra trás
pra ver passar o céu em flashes
e me encontrar nas alturas
livre da queda, livre

16 mai

eu quero é registrar aqui
o que não fica marcado na pele
o resto voa junto com a minha andorinha
sobre a sua caravela

e eu não quero ser triste, nem você,
mas queria poder lembrar um dia
da tristeza que chegou
e que ela foi enorme, assustadora,
mas passou

18 mai

o medo não pode te paralisar, esse é o limite. mas e conviver com um monstro sem que ninguém perceba porque você insiste em seguir trabalhando, escrevendo, pensando no almoço, fazendo cursos, sorrindo, calando? é que assim, impotente diante de uma ou outra alegria insistente, vendo a vida reagir, ele vai embora. e não é que junto com as palavras a gente põe pra fora os demônios?

28 mai

e quando acha que está tudo perdido
você se encontra

..

eu não sei sempre no que estou pensando
é grave?

8 jun

eu não escrevo muito com princípio, meio e fim
eu penso muito
penso tanto, que parece até que a cabeça está vazia
que não estou pensando em nada

é que penso muito, mas sinto mais ainda, e pensamento sentido às vezes tem que virar outra coisa, que não palavra, pra chegar a ser. vira uma foto, um trago, assovio, gota de suor, vira um doce, um gemido, olhar perdido, um beijo, vira coisa que começa e acaba. fim.

10 jun

quando acabei de lavar a louça tinha parado de chorar

..

"o sofrimento humano geralmente passa por algumas etapas: a de ser descoberto e reconhecido como sofrimento, e a de ser vivenciado como sofrimento, isto é, quando nos damos o direito de "nos sentirmos mal". o começo da cura acontece, entretanto, quando nos sentimos mal por estarmos nos sentindo mal. antes desse estágio, ainda que sofrendo, estamos apegados aos "ganhos secundários" *(freud) da neurose; eles sempre existem. por isso a psicanálise é uma prática que só pode surtir efeitos quando e se fundada na ética do desejo. diferentemente da moral que dita regras de convivência social para todos, a ética, em psicanálise, é sempre da ordem do individual, do caso a caso. do ponto de vista da recusa em crescer, do desconhecimento ou da negação do desejo inconsciente, da predominância do princípio do prazer em detrimento de sua necessária articulação com o princípio da realidade, somos todos, a princípio, fundamentalmente, anti-éticos.*

(evelin pestana, casa aberta, *psicanálise, arte e educação*)

12 jun

a dor vai
o amor fica

19 jun

o mais importante é levantar-se. ainda que não se saiba aonde ir, nem o tamanho do estrago, é fundamental acreditar no próprio poder de mudança, na possibilidade de um recomeço, na alegria da vitória por vir.

21 jun

tem uma revolução acontecendo lá fora, e eu quero participar. há muito tempo essa reação é esperada, a indignação tomou forma de uma marcha, de um grito, uma bandeira, virou ação. isso tira um nó da garganta. pode não resolver, mas deixa de apertar o peito quando se toma uma atitude rumo ao que se acredita. eu quero participar, mas hoje não. hoje vou ficar aqui com você e comigo. hoje eu acordei com vontade de chorar a nossa luta. amanhã tem mais.

26 jun

e hoje a certeza da vitória, da cura, do bem
temos visto sinais
um remédio a menos por dia
um riso a mais
lágrima de alegria que escorre
quando penso no dia em que estaremos livres de novo
livres das dores do seu corpo
e dos seus reflexos na minha alma
livres
estamos a caminho, leves de esperança

hoje vamos comer bolo de cenoura com cobertura de chocolate e esperar por muitos gols. e os helicópteros me lembram que a luta continua lá fora. essa aqui também.

8 jul

hoje achei este neruda. coisa linda:

"quero apenas cinco coisas
primeiro é o amor sem fim
a segunda é ver o outono
a terceira é o grave inverno
em quarto lugar o verão
a quinta coisa são teus olhos
não quero dormir sem teus olhos.
não quero ser... sem que me olhes.
abro mão da primavera para que continues me olhando."

29 jul

esperamos pela viagem, já fomos e voltamos da sua cidade. a gente gosta de reparar na passagem do tempo, no fugaz, no que fica entre planejar e já ter feito alguma coisa. conversamos sobre isso na ida e na volta, vendo a estrada passar lá fora, correndo verde pela janela do carro.
na mesa do almoço de sábado encontrei um passado de risos e alegrias em fotos que nunca tinha visto. éramos nós, em outros tempos, naquela mesma casa. como a gente já foi feliz ali! uma felicidade que não impedia de ver o piso escuro, o sofá manchado e a cama dura, mas que iluminava o caminho, lavava a alma e amaciava o coração. e era do nosso amor que ela vinha, aquela alegria. desse mesmo amor que traz sentido à nossa vida, apesar e para além do tempo, do caminho e do lugar onde estamos.

porque a minha alegria eu trouxe comigo, você veio com a sua e uma outra explodiu do nosso encontro. como essa de agora, entre nós dois juntinhos, voltando pra casa, com nossos planos.

2 ago

a espuma dos dias
a beleza, o amor
sob impacto do filme
a espera, a dor
e só para rimar aqui
assina o alvará e libera o remédio aí, doutor

10 ago

já temos juntos mais que o tempo de uma infância. estava pensando nos objetos que marcam a gente, em quanto tempo uma coisa precisa estar na nossa vida pra ser eternizada em nós: um móvel, aquele cheiro, a sala de casa, a cama dos pais. na serra de pão, comprida, cabo de madeira, o jeito como o café era servido, migalhas na mesa da cozinha. na saia estampada com cartas de baralho, tudo sobre minha mãe. olhando a sandália prateada nos pés suspensos, minha primeira viagem de avião sozinha, nas nuvens. objetos que trazem minha infância pra hoje sem nem precisar fechar os olhos.

nós dois já temos muitos objetos que atravessaram esse tempo com a gente. a firma – nossa geladeira bege de segunda mão que você batizou – já veio com uma história e segue companheira de tantas tardes, tanto riso, tantas festas, garantia de todas as cervejas geladas, orgulho seu. as luminárias de papel, que dão a luz amarelada de todas as noites, quando a gente se deita juntinho em uma ou outra das nossas camas, são as mesmas que iluminaram a nossa primeira casa, assim como a de pé, que até hoje acendemos na sala, em dias de festa.
uma infância já é tempo pra uma vida. a simplicidade da vida que a gente criou me emociona.

20 ago

nossa mangueira ficou boa
está cheia de folhas novas
pequena grande alegria

você vai ficar bom também
alegria do tamanho do céu
amém

21 ago

estamos cansados, os dois. a alma machucada, a cabeça pesada, o coração apertado. "precisamos de um presente",

eu te falei. "eu só quero uma coisa: ficar bom. é o único presente que me interessa". é o meu também, mas eu falava de um alívio, de um sinal. e a gente vai ter, enquanto espera a alegria final.
leva o medo, traz a paz. reforça nossa coragem, mostra sua força, revela o bem. tira da mente qualquer pensamento que não seja o da cura e do amor que vem. põe na minha boca as palavras que precisam ser ouvidas e me faz escutar as certas também.

..

procurei ajuda, e a resposta foi: nada físico. a mensagem principal é deixar fluir as emoções, viver o dia de hoje, voltar à realidade, avançar. vi que o terapeuta ficou impressionado. me olhou no olho e disse que não tinha manifestação de nenhum órgão. é como se hoje eu fosse só um coração. os glóbulos que me receitou são para pessoas que estão perdendo a lucidez. voltei mais leve, mas com a confirmação de que preciso colocar os pés no chão.

barra de são miguel, 30 set

antes de vir pra alagoas, mudei o padrão que escolhi há anos pra câmera. tirei o registro de data e aumentei a resolução das fotos. acho que foi uma mudança que reflete muito o momento: as datas perdem em importância pra qualidade do tempo, da experiência vivida. e foi inconsciente, só pensei nisso hoje.
caminhando nessa manhã de segunda-feira pela praia quase deserta, passei por uma família que se divertia em volta de uma mesa com isopor, pet de refrigerante,

comida, tudo assentado numa curva que escolheu pra passar o dia, entre muitas piscinas de água verde. uma criança bem pequena brincava de sair um pouco de perto, se aventurando a caminho do mar, e a mãe ensinava, tranquila e cheia de razão: "o mar não mexe com ninguém! você vai se quiser". ah, o mar mexe, sim! foi chegar na beira do mar que tudo mudou, e é sempre assim. respiramos devagar e profundamente, sentindo o bem da brisa suave e azul do mar de maceió tomando conta da vida.
de um jeito novo, que estamos descobrindo, vai se desenhando a nossa viagem. a primeira e a última, como afinal são todas. como são todos os dias, únicos e sem volta. os primeiros e os últimos até que amanheça novamente. e cada dia que nasce aqui vem ficando mais leve.
hoje acordamos com o mar brilhando prateado atrás da cortina transparente da nossa varanda. nunca fiquei num quarto assim. nunca tomamos tanto suco e água de coco. nunca tivemos uma varanda alta, com vista pro mar. tudo tem sua hora.

são miguel dos milagres, 3 out

sorvete de capim santo de boas-vindas e uma certa apreensão na chegada a beijupirá. no caminho, uma BR vai e vem, fazendas, canaviais e muitos vilarejos de casinhas grudadas umas nas outras, portas e janelas minúsculas, rua que vira varanda com cadeiras na porta de casa, muita história sendo contada em rodinhas que fazem a imaginação voar. imagens de padre cícero de todos os estilos, em todos os lugares, e nenhuma indicação da pousada. fui ficando tensa com o acesso difícil, com a precariedade do lugar, coisas que sempre até procuramos, mas que dessa vez, com a doença do flávio e descoberto um coágulo enorme na véspera da viagem, mudaram imensamente o olhar. e foi anoitecendo, aquele horário em que as coisas começam a se esconder e que nunca foi meu preferido. quando enfim chegamos, logo quando desceu do carro, flávio me mostrou a perna esquerda muito inchada. fiquei ainda mais preocupada, mas tinha que chegar de verdade. nos instalamos, ele tomou banho e deitou, com a calma que tem tido sempre pra enfrentar tudo isso. coloquei a perna inchada em cima de travesseiros fofinhos, passei creme e voltamos ao normal, a perna e eu.

ficamos encantados com a nossa maloca, como chamam aqui. o tamanho, o cheiro delicioso, as flores enfeitando, as cores, o reboco branco do alentejo que forma pequenas ondas nas paredes, o azul clarinho das janelas e portas, o jardim tropical meio desordenado lá fora. uma piscina imensa na nossa porta. sombras e espreguiçadeiras com almofadas brancas nas pérgolas e outra piscina, semiolímpica, na beira do mar. um sonho. muitas redes, muitos cantinhos, santos, iemanjá, artesanato indígena, coqueiros, hibiscos, um festival de formas e sabores pro corpo e pra alma. tudo calmo, tranquilo, a gente descansando, sendo feliz de um jeito novo, todo azul. caminhada até a ponta de coqueiral, mergulhos, sol, comidinhas. aqui nada é demais, acho que é isso. a música é baixa, só se ouve no restaurante, e sempre boa, sempre algo doce e suave. mesa com duas redes, uma de frente pra outra, esperando por um descanso cúmplice depois das delícias da cozinha. pratos com sabores e texturas únicos, sorvete

artesanal, garçons amigos, pequenos mimos o dia inteiro. hibiscos nas toalhas de praia, novinhas e cheirosas todo dia na varanda, luvas de crochê nos copos de suco. muito branco, muito limpo, muito cheiroso. um carinho pros sentidos.
acordo muito cedo, escuro ainda, e já refeita. aos poucos fui me acostumando com a luz de cada horário dentro da nossa casinha e criando uma vida aqui. hoje já é véspera de ir embora. o dia está amoroso – como disse aquela senhorinha em jeri, num dia igualmente branquinho, sem sol, o vento parado –, e assim a gente fica ainda mais quieto, a rede na varanda mais convidativa. cochilamos depois do café, e agora eu escrevo, querendo guardar aqui o que não se vê nas fotos, o que às vezes se perde na memória e o que a gente nem percebe antes de parar pra pôr no papel. minhas caminhadas na beira do mar trazem de volta a certeza de que eu quero isso na vida. todos os dias, algum dia: o mar, o barulho das ondas, a areia quentinha, o vento abraçando e levando pra longe todo o resto. parece que a vida é só isso aqui.
vou levantar da rede e te chamar pra ir pro mar. essa é a vida que tem pra hoje. obrigada, meu deus!

9 out

hoje, você deitado no sofá, entre o trabalho da manhã e o almoço: "nossa, eu tou me sentindo tão feliz! nem lembro que tou doente. tem gente que fica pensando o tempo todo, deve ser horrível". me deu vontade de chorar, pensando no dia em que tudo isso vai ser só uma lembrança que a gente vai poder esquecer, se quiser. essa viagem levou a gente pra longe, literalmente. foi um carinho da vida, um presente pra nós. o sinal que eu pedi outro dia.

15 out

deixa a gente viajar mais
deixa a gente ser melhor, juntos
deixa ele comigo

17 out

isso tudo poderia ser um filme. se fosse, nos momentos em que você sente dor, a trilha mudaria radicalmente: uma intromissão de sons assustadores onde antes era tudo harmonia. é a dor que traz o fantasma, é ela que tem que ser encarada e combatida. sem a dor, parece que está tudo bem. e está mesmo, a gente escolheu que seja assim.

23 out

naquela noite, com o mar ao lado
e uma cidade azul pra descobrir
eu fui feliz pedindo um sanduíche no quarto
e vendo você dormir

31 out

a gente não chegou ao fim
porque criou outro começo
é bonito esse viver

4 nov

o amor não é pra ser julgado
é pra ser vivido

11 nov

hoje você me falou que está muito feliz com a sua aparência, e que isso são os meus cuidados. felizes nós dois em ver meu amor refletido no espelho.

30 nov

depois da chuva saem montes de mariposas da grama
de um buraco só
como se fosse a boca da terra
soprando bolhas de sabão

antes da chuva o céu fica cinza
e os bichos silenciam
é a vida anunciando
que é preciso se esconder

mas há momento de se encharcar
revigorar-se da própria água
deixar que molhe a alma toda
perigoso que seja

porque é no embaraço de sacudir-se pra secar as penas
que se cria uma dança
é no livrar-se do peso da água
que se descobre quanta chuva caiu

e começa-se de novo a ouvir
o som da vida
passarinho cantando e no peito, surpresa
um assovio de mim

20 nov

eu queria tanto ter você agora do lado de cá da história pra poder falar de como está sendo difícil tudo isso. tenho contado com a sua força, e nela está muito da minha, mas sinto falta de você e de mim livres desse silêncio que não combinamos e que veio.
querendo muito o seu colo, te ponho no meu.

29 nov

eu fecho os olhos e passo a mão nas suas costas
visualizando a emanação da luz rosa
encharcada de pensamentos de cura, amor, perdão
você dorme, eu durmo também
a dor foi embora
amém
..
eu vou te encontrar no seu sonho
e não é a própria vida um sonho
e o sonho uma outra forma de viver?

3 dez

te protegendo da tristeza
eu me salvo da minha

4 dez

o calor chegou
2013 vai embora
a gente fica
o mar já vem

9 dez

pra dias felizes
é pra isso que a gente vive
vendo agora nossas fotos
tenho essa certeza

12 dez

e que se um dia tudo tiver acabado me restem os livros.
um carinho do vento no rosto enquanto viro a página,
o barulhinho dele nas folhas e as palavras certas:
aquelas que tiram a gente da solidão,
que são como um abraço forte, um sussurro...
"eu sei o que você está sentindo. você não está sozinha".

2014 · durante a tempestade

búzios, 4 jan

numa manhã de praia perfeita, mar prateado de água fresca, companheiro de férias tranquilas, você me disse, assim que cheguei perto da sua cadeira de praia, saindo do mar, que essa vem sendo a melhor temporada aqui. sem beber, tomando o sol da manhã, lendo seu *mar sem fim,* do amyr klink. descobrindo novos prazeres, pensei. e que sente "até medo de estar tão bom e de repente morrer". não lembro agora o que te falei.
da última vez que falamos sobre a morte (e a primeira considerando como possível consequência da sua doença), no nosso deck, no sítio, você chorou e disse que iria tranquilo, que está em paz.
eu nunca estive tão perto e tão longe da paz, ao mesmo tempo.

31 jan

faz tempo eu acordo com o barulhinho
do estouro do laminado da sua cartela de remédio
o da dor
faz dias voltei a acordar
com o barulho das xícaras encostando nos pires
de você fazendo café
do amor

6 fev

tomar coragem
suco de fruta
bicarbonato de sódio
providência
seiva de planta
tudo o que for
pra curar

7 fev

podia me desesperar pensando que perdi meu pai, que meu amor está muito doente e meu sobrinho também. três amores, três homens da minha vida. proteção, os braços fortes, cadê? ondas bravas, céu cinzento e eu aqui, encolhida e sendo jogada de um lado pro outro dentro do meu barquinho que a vida colocou nessa tempestade.
não, eu não vou me colocar aí, não vou tomar esse lugar. eu não perdi meu pai. onde existe amor não existe tempo nem distância, ele vai estar sempre comigo. meu amor e meu sobrinho vão contar comigo forte pra vencer suas doenças, renascer de suas dores. vamos navegar juntos no mar calmo da esperança renovada, da alegria, do amor. porque de tudo na vida o que importa é o amor. é o que move, o que impulsiona, o que consola, o que faz acreditar, o que dá força e o que permanece, mesmo quando nada é do jeito que a gente espera.

19 fev

ficar alegre é a minha maneira de não morrer de tristeza

..

semana passada foram três quilos e meio a menos. lembro do dia em que você se pesou na farmácia e saiu enchendo com ar as bochechas, mostrando que tinha engordado. voltamos felizes, você foi na frente pra casa, e quando voltei, da rua de cima já ouvi você cantando alto. você e sua festa de comemoração, você e sua alegria. nós dois e a nossa esperança, sempre.

21 fev

estou assim mais frágil e mais forte do que nunca fui

24 fev

as pinceladas cor-de-rosa e laranja no céu do fim da tarde, nós dois subindo a serra depois de um domingo feliz. pequeno grande milagre. estivemos sempre atentos à vida e acho que é do acúmulo de tanto pôr de sol, de tantos mergulhos no mar, da sede que nos levou a sempre nos embebedarmos do momento vivido é que nos alimentamos agora. ficou tudo guardado, tesouro feito de vida. e seguimos atentos.

8 mar

aprendendo o verdadeiro sentido de cuidar da vida

10 mar

hoje você acordou e disse que sentiu uma coisa estranha no corpo durante a noite. "mas o quê?" "não sei" (os olhos procurando acompanhar o pensamento) "foi assim como se eu não tivesse mais nada. agora, tomando banho, achei até estranhos meus passos" (firmes?). cheia de esperança, alegria e ainda de cuidados, pergunto se você quer o travesseiro pra apoiar a perna. "não, já tou ficando curado". a vela cintila no meu altar. os sinais vieram. obrigada meu deus, jesus cristo, são jorge, nossa senhora, nossos anjos que guardam as mais amorosas bênçãos pra nos entregar e serem espalhadas.

18 mar

uma dor no peito!
deve ser a casca que está crescendo no meu coração
dor de estômago, tristeza, horror
eu chamo e Ele me diz: "já estou"
meu sorriso pra você: amor

10 abr

hoje ouvi que "terminal somos todos nós". é verdade, somos sim. o rapaz de braços fortes, ainda com a roupa da academia, sentiu enjoo, deitou na cama e pá! morreu. a mulher pensou que fosse morrer quando foi deixada pelo marido, companheiro há 20 anos, e pum! encontrou uma vida nova.
hoje estamos nós dois com a esperança renovada porque você parou de emagrecer, porque as plaquetas subiram e porque estamos sempre atentos a pequenos sinais para grandes alegrias. já aprendemos que a vida é por um triz, pra todos nós.

13 abr

é confortador saber que tem alguém pronto pra responder a um chamado, fazer uma visita, uma compra, é bom saber que tem alguém com quem contar do outro lado. mas o acolhimento especial vem do cuidado inesperado, da ajuda oferecida, das palavras carregadas de amor lembrando "estou aqui, estou com você". essa nossa dor é difícil dividir – e pode-se dividir alguma? –, mas o amor, esse não. será que a tristeza está fechando meu coração? dói no peito tudo isso, me sinto só. e deus. e alguns muito poucos amigos.

eu importo muito
eu me importo muito
pouco
eu importo pouco

pouco importa

o que dizer
se mal consigo sentir
e viver?

vou pedir:
não leve a nossa alegria...

..

preocupava-se em não copiar
e não ser copiada
piada
preocupava-se também
em ser

..

queria dar um tudo de si, estar ali
mas estava e não estava
ficava, podendo ir
seria ela (uma) só?

..

bom é não precisar chamar
ter alguém que se advinhe a ausência

palavras
são tudo
e nada

nós também

as palavras
pesam
é por isso que ponho
um pouco delas aqui

quando criança sentia um vazio, uma sensação de queda quando pensava em como tudo começou. sim, eu convivia com um questionamento insistente sobre a criação do universo. começava construindo imagens de coisas que pareciam ter sempre existido: abismos, mares, árvores primitivas, grandezas. então ia abstraindo, tentando achar o começo. mas aí vinha o escuro, o breu total do antes de tudo, de deus, o nada existir, o não saber, o mistério, e a vertigem. então eu voltava pro mundo e tentava esquecer aquela pergunta por mais algum tempo. me distraía dando açúcar pras formigas que passava horas a observar no seu vai e vem. elas sempre param quando se cruzam. falam umas com as outras? imaginava como era aquele mundo lá dentro, embaixo do chão. insistia em pensar sobre o que não se vê.

..

durante quase toda a infância tive um sonho recorrente: o de estar num elevador que chegava a um andar fora do programado. descia, sem medo, mas com algum estranhamento, pra reencontrar aquele lugar onde era tudo branco: o piso, as paredes, o teto, as roupas das pessoas. sabia que devia mesmo passar por ali e nunca me lembrava de como foi a volta, mas acordava sempre a salvo, na minha cama.

..

é bom falar de alguma coisa que ficou lá atrás, longe de hoje. é como puxar um outro mundo daqui de dentro. ufa!

19 abr

escrever pra mim sempre foi pôr pra fora o presente, me esvaziar do agora. descobri outra escrita, a que me tira daqui. falar do que já foi me enche de outros dias, outras luzes, de outras de mim.

25 abr

a gente estava triste, devastado, com medo de tudo dar errado. seu sangue não voltou ao normal, a hemoglobina baixou ainda mais e ligaram do laboratório: "ele pode precisar de uma transfusão de sangue". desliguei o telefone e fui remexer a pasta "pai". assim, sem pensar e justo nesse momento, quando parecia tão fora de hora escolher o que fica e o que vai embora dos papéis do meu pai, naquela pasta intocada há anos, desde que ele partiu.
em folhas amareladas, escritas com a letra dele, me apareceram duas orações que falam de desespero e de amparo divino, de pedir pra não perder a fé, de ver a luz, sentir o amor. pedem pra não deixar a gente cair num momento difícil, parecem ter sido escritas para aquele dia, pra nós. na hora em que tudo parecia perdido, veio o recado pra seguir em frente e acreditar na presença de deus, no bem. mais do que a presença de uma força maior, que guia nosso caminho, encontrei a certeza de que o caminho não termina aqui, que o amor nos une infinitamente àqueles que amamos e que os sinais vêm, é só estar atenta.
não foi incrível? fiquei muito feliz! obrigada, pai. foi lindo o jeito que você encontrou de dizer que está com a gente.

26 abr

eu gosto de olhar imagens enquanto procuro palavras
imagens trazem sentido pra mim

27 abr

ando cheia de uma falta
nossa casa está vazia
do nosso jardim nem sei
saudade daquelas tardes verdes de música
iluminadas pelo mesmo sol que bate aqui agora
nessa outra montanha que não é a nossa

faz frio

sem os nossos sorrisos
os dias passam calados

a tarde acabou, o sol se foi, a falta ficou

3 mai

hoje não está cabendo em palavras

19 mai

meus olhos custaram a ver os quilos que foram embora. até que você veio molhado e sem short do banho. até eu ver o pânico no seu olho depois de ter se olhado nu no espelho. até eu ter que te enxugar e ter que olhar de verdade, cuidando pra lágrima não cair e te molhar de novo. cuidando pra não te assustar ainda mais. cuidando de não secar tudo aqui dentro. cuidando.

1 jun

hoje você ficou nervoso com as dores de todo dia, há tanto tempo. e com meu perguntar sobre o que você sente a toda hora, eu que não sei mais o que dizer. falou que eu não aguento mais você, que está doente e é um peso.
hoje você ficou nervoso e me disse chorando que assim é melhor partir. eu ia te dizer que a minha vida é sua, até a gente recuperar a nossa. e que eu acho isso bonito e que eu não vejo outro caminho, que é essa a mulher que quero ser nesse momento e que tudo vai dar certo e que a sua dor vai passar. você não quis ouvir, e eu não sei se saberia falar o que passa aqui dentro. vou continuar te dando meu tempo, meu amor, e o que restou de mim. está doendo.

2 jun

ontem você chegou e foi direto pra espreguiçadeira. aquela mesma, a do descanso com vista pra montanha depois de todo o movimento pra manter do jeito que gostamos o nosso refúgio de dias felizes. você magrinho, pernas e braços muito frágeis, ali, na mesma posição que elegeu a mais confortável, ali, do jeito e onde gosta de estar. coração forte, teimando em não deixar de ser. ficou ali, quietinho. você mesmo, aquele grandão da voz firme, da risada larga, do peito forte. você me disse da dor de não conseguir fazer mais nada do que gosta: entrar no mar, lavar o chão do nosso lugar.
você chorou e me disse que se não fosse por mim talvez já tivesse morrido. eu te beijei e te disse que você é tudo pra mim. ali, no nosso deck.

um deck é lugar de ser feliz.
é, sim, eu lembro.

9 jun

a vida é bonita.
pedi tanto por outros dias felizes ali com você e naquela manhã, molhando as plantas do nosso jardim, me dei conta de que estava acontecendo. você sem camisa, descalço, tomando sol na mesma espreguiçadeira daquele dia triste que um hoje feliz deixou pra trás, eu te mostrando o sol bater junto com a água que jogava nas folhas da pitangueira, e você me mostrando como ficam prateadas. ficam. estava tudo brilhando de novo, estava a gente ali feliz outra vez.
eu falava das suas melhoras, da voz que voltou a ficar forte, dessas conquistas. você concordou, mas disse que não se pode ter muito apego, que tem que se viver o presente, ser feliz nele, que tudo muda a toda hora, e eu te disse que esse é um dos princípios de felicidade e sabedoria segundo o budismo, um dos caminhos que tenho buscado. e você já sabia, sem ler. você sabe muito da vida, eu sei. ontem me enchi daquele hoje, daquela manhã, daquele momento de nós dois ali e me senti assim, quase plena. acho que estou aprendendo.

16 jun

molhar uma árvore é como dar um abraço nela. ver as folhas verdinhas balançando com o vento é receber o abraço de volta, bem apertado.

5 jul

hoje a gente está triste
quando dói em você
sofremos juntos
cada um
a s u a d o r

que a alegria encontre
a gente de novo
eu e você
meu amor

7 jul

seus sinais de cansaço
"eu estou sofrendo tanto, há tanto tempo.
agora dói o braço, mais tarde é outro lugar"
uma lágrima
"não sei se duro muito tempo"
seu desespero, seu choro, e eu ali
morrendo um pouco do seu lado

é desse abismo que precisamos correr
vou viver e te encher de vida
uma luz vai aparecer

8 jul

amanheceu, sobrevivemos. acordei lembrando da frase que me veio em sonho: a sobriedade remove o lodo.
seria a sobriedade uma nova consciência? seria o lodo sua doença? estamos sóbrios, atentos aos sinais, mudando a cada dia, estamos crescendo. isso vai passar.
ainda está escuro quando acordo, tem sido assim nos últimos dias. no intervalo entre a noite e o amanhecer, o tempo do encontro com a luz divina que vem à tona antes do sol. pensamentos, restos de sonhos, pedidos, agradecimentos, dúvidas e certezas. rezo por dias melhores, peço pra que permaneça o que é de bom na nossa rotina, você me chamando de algum nome que só faz sentido de amor. você chamou. pronto, o dia acordou feliz.

18 jul

ah, meu amor, você tem sofrido tanto. passou a chorar quase todo dia essa dor. que junto com as lágrimas ela saia de você.

19 jul

tão bom encontrar o marcílio hoje. "agradecer pelo que já recebemos é gratidão; agradecer pelo que ainda vamos receber é fé". obrigada pelo enviado, pelas palavras, pela paz e força que recebemos, meu deus.

27 jul

pelo menos eu sempre soube que a vida era boa. nunca deixei passar um brinde, nem de viver um amor. continuo me encantando com as linhas de sol do domingo surgindo na parede, desenhadas pela cortina de bambu do nosso chalé. "sete horas", você dizia. e a gente acordava pra viver aquele dia que o sol anunciou. e eu agradecia e desconfiava daquela vida tão boa. e abraçava com força tudo que escolhi. uma vez mais, por mais um dia.
hoje a gente vive o que é possível viver e nessa possibilidade de vida é que está a beleza do dia. seguimos com os olhos cheios de sol, travesseiros molhados da chuva de dentro. desconfio que a vida boa continua dentro da gente.

5 ago

outro dia você disse que é feliz. que mesmo doente, é feliz. e que isso é o que importa. que se morrer, terá vivido uma vida feliz. eu sinto assim também. mas não vamos morrer agora não, vamos só ser felizes.

8 ago

não deixa que eu sinta culpa por sentir medo. se o medo vier, que eu me sinta somente humana e não um serzinho que atrai coisa ruim. não deixa ele vir. enche meu peito de coragem e força iluminada. amém.

1 set

o desamparo das coisas daqui é terrível. precisar de um médico e não ter, ver sofrer e não ter remédio pra dar, esperar por um colo que não vem. agonias pelas quais a gente não tem passado. obrigada pelo médico atencioso, por nossa casa, nossa calma, por todo suporte que permite concentrar as forças no que é realmente essencial.
em meio a toda essa dificuldade que vivemos, eu e você, encontrei a presença divina, mais real que nunca. por procurar ganhei a certeza de nunca estar só, estando. agradeço esse presente da vida.

29 set

e agora é o chão que está lindo
amarelo das flores caídas nas ruas lá fora

19 out

acho que posso voar depois de tudo isso, literalmente. tirar os pés do chão e me jogar sem medo do alto de uma montanha. medo de quê?

25 out

faz uma semana voltamos pra casa. no hospital, o oxigênio, aquele que faltou, foi te trazendo de volta de onde nem pude te contar que esteve. mas você sentiu. nos seus olhos assustados até uns dias atrás eu vi que sentiu. amanhã faz 15 anos que você chegou aqui pra mudar tudo "você não quer um homem na sua vida?". eu não sabia se queria, mas você tinha vindo pra ficar. eu não sabia o que era isso até encontrar o céu toda noite enquanto você me acarinha as costas na nossa cama. até ver os dois homens da minha vida se tornarem amigos, parceiros e encontrar até hoje, abrindo sua carteira, 12 anos depois do meu pai ter partido, o carinho com que você carrega o santinho dele e renova essa homenagem, me pedindo pra trocar de vez em quando. até ter alguém que dividiu comigo um desejo e construiu um cantinho na montanha, nossa "casinha encantada", como você diz. até ter alguém que considera encantado um lugar por ser onde vive comigo. até ter um jardim verde dos seus cuidados, protegido por seu amor. eu não sabia o que era ter um homem na minha vida até encontrar você, o amor que sem buscar encontrei.

6 nov

deus deve estar muito feliz com você. orgulhoso da sua luta, da sua fé, do seu melhor no pior momento. pra ele também deve ser difícil: aquele sentimento do pai que diz não quando queria dizer sim. mas vai chegar a hora do abraço conciliatório, de você correr de braços abertos, olhos ainda marejados da dor, e pular no colo do bem. pleno, feliz, curado. você vai sair melhor de tudo isso, e eu também.

..

tem hora que dá até medo de sentar pra escrever. receio de ver o que vai sair de mim, tamanha a tristeza, tão assustadoras as palavras que cercam essa situação. "metástase", por exemplo, é uma das mais apavorantes pra mim. mas quando faço isso, sento aqui pra pôr pra fora um pouco do que não cabe, é como quando durmo e sonho meus sonhos bonitos. ou quando, quase sonho, deito ao seu lado e somos carregados os dois por mãos que nos levam pra longe daqui. leves, por horas desligados de toda dificuldade, sem horário de medicação, sem precisar remédio pra dormir. nesses passeios e nas palavras que ponho pra fora, sinto que no meio de todo esse mal cresceu o bem dentro de mim.

..

eu tenho meus segredos com deus. e segredos que você tem com deus não viram palavras. segredo nunhum devia virar palavra, porque palavra voa.
segredo é aquilo que não é pra ser e que assim, calado, não se torna. esse é meu acordo com ele. eu inventei, eu acho estranho, mas é assim que é.
ele me mandou um dia uma menina no pilates, num dia em que eu pensava nesses segredos, no que não deve ser e que de ficar guardado entre nós, eu e deus, vai acabar sumindo, se desintegrando de tanto não ser, mas que enquanto não vai embora a gente carrega sozinha, se achando um ser estranho nessa era de pôr tudo pra fora, de sugerir terapia em vez de dar um abraço.
ele me mandou uma menina de quem gosto, sem conhecer. ela tem um sorriso bonito e me olha com alguma cumplicidade, aquela de quem não se conhece mas queria conhecer. ela falou de quando a filha adoeceu e contou, enfim, o que ela teve, uma doença grave. "você não sabia, eu não te contei, né? era meu acordo com deus. eu não ia falar pra ninguém, até ela ficar boa". ufa! tomo por mais um sinal do bem numa manhã bonita com janelas abertas pro sol nas árvores do são pedro. ela também tinha um segredo com deus. a filha dela ficou boa. você vai ficar também.

7 nov

nada é mais importante
do que ficar com você
faz tempo não é

9 nov

o oxigênio veio pra nossa casa. chegou na sexta-feira, no final da tarde. uma invasão de máquina, cilindro, máscara e fios que trouxe e tirou o ar, ao mesmo tempo. meu peito doeu, mas achamos lugar pra tudo isso no nosso mundinho. você vai ficar melhor assim, pelo menos enquanto não vence esse cansaço.

hoje é domingo. você sentiu muita falta de ar de manhã, quando foi ao banheiro, primeiro desafio do dia. muita falta de ar, muito ofegante, sentadinho no vaso lá de fora, onde colocamos seu assento elevado e de onde ainda assim tem precisado de ajuda pra levantar. busquei a maquininha de nebulização, procurei te acalmar e senti que estamos vencendo. já não tinha mais aquele pavor nos seus olhos, não por inteiro, não o que paralisa, e isso é uma vitória. me atrevi a tentar ajudar, precisava fazer alguma coisa: "vê se consegue respirar pelo nariz". você foi conseguindo me ouvir e respirar, ficamos um pouco ali, o dia por clarear e o ar voltando, seu peito acalmando até achar que era hora de fazer o caminho de volta pro quarto. te levantei e viemos abraçados, devagarzinho, até a cama. chegamos.

agora é meio-dia e meia. já fizemos tanta coisa que nem parece que o dia começou como se pudesse acabar antes de ser. café, fisioterapia, barba, massagem, banho, um cd novo, um cochilo, uma conversa e a certeza de que vai dar tudo certo.

a gente faz a vida acontecer, acho que esse é o segredo. acho que aprendi com você. quando é muito alto o abismo, melhor não chegar nem na beira, ele pode chamar. o cotidiano da vida tira o abismo do peito. quando você acaba o que começou, o perigo passou. tem que começar.

16 nov

a cidade está cheia do rosa de flores salpicadas em árvores que nunca reparei e não sei o nome.
uma dessas estranhas alegra todas as minhas chegadas e partidas na porta da garagem.
eu não sabia, mas quero ter um flamboyant.
descobri esses dias, pensando em recortar um da rua e colar no meu jardim.

18 nov

não é só não querer te perder. é não querer que você perca. você entrou nessa luta sem medo, confiante, de peito aberto e tem se superado pra manter, a cada batalha, otimismo e força admiráveis. eu peço pra que você, se tiver que partir, não seja agora. não sem ver recompensado todo o seu esforço. não sem ar, você que atravessava a piscina sem ter que respirar; não assim.
essa noite, depois de muitos dias, você não acordou de madrugada. não precisou de mim, nem do oxigênio, nem sentiu dor. apenas dormiu e quem sabe sonhou algum sonho bonito. descansados da trégua, vamos ouvir o que está sendo dito.

19 nov

hoje faz 15 anos que eu tenho uma casa. desejei muito isso e, quando aconteceu, veio junto com você.
naquele novembro, poucos meses depois da gente se conhecer e descobrir do que é capaz um amor de verão, nos mudamos pro apartamento da rua bolívia, com aquela árvore na janela da sala e uma vida por vir.
na primeira noite éramos eu, você, um colchão de casal e um vento que varreu cada canto e fez muito barulho, anunciando a nossa chegada. ainda não tinha nem luz. a casa vazia foi se enchendo da vida que fomos construindo. música e cerveja, amor e alegria, sempre a alegria.
hoje a nossa casa, aquela que a gente construiu, é como se fosse o terceiro membro da família: somos eu, você e o sítio. faz tanto tempo que não vamos lá, que a saudade parece ter abrandado. e não é o tempo que amansa a dor, é a nossa vontade de não sofrer que afasta os "por que não estou?", o "deve estar tudo verdinho". principalmente a sua vontade de sempre pular a faixa da billie holliday, de não parar pra ouvir a dor da vida. eu às vezes acho bonito o sofrer, mas tenho dado cada vez mais ouvido ao seu samba e tenho sido mais feliz assim. quinze anos... já são bodas de cristal.
quando acabar a nebulização vou ler isso pra você.

22 nov

você hoje, chorando: "eu estou fudido, não estou? pode falar, a gente é adulto". e com um sentimento que sou incapaz de descrever falou: "eu quero viver!". eu te fiz nosso enfeite de natal, o anjo na taça, e coloquei num lugar da sala que você consegue ver da cama. foi minha forma de dizer alguma coisa. "êêêêêêê, feliz natal!", você disse sorrindo quando acendi o pisca-pisca. tinha um "não vou me entregar" declarado e um querer me poupar do que eu me negava a ver escondidos naquela sua reação. eu sorri de volta pra você. não sei o que deu pra você ver além daquele meu sorriso. eu não sei falar do que tinha em mim naquele momento, ainda não sei. é aquele tipo de sentimento que não vira palavra, nasce e morre gesto. acendi um anjo pra gente, sorri pra você, e só.

depois de tudo

3 dez

hoje eu fui à igreja acender velas pra nós. o movimento do fogo vibrando, a luz que esquenta e chama a vida pra perto, isso me encanta, a força do fogo me faz bem. a gente fazia fogueira todo ano.
antes de acender a vela do lado esquerdo do altar, senti um incômodo, quase uma falta de ar, uma sensação que me levou pro outro lado, procurando saída. então ali, do lado direito, me aquietei, fiquei em paz e acendi sua vela sabendo que era o lugar certo. antes de começar minha oração, levantei o olhar e entendi porque tinha que ser ali. a imagem de são jorge, seu santo de proteção, estava lá. pra me lembrar da força de vocês, guerreiros. pra me mostrar de novo sua presença e o poder do nosso amor, que não entende tempo nem distância. ele se faz e pronto.

14 dez

eu estou longe da nossa casa
da vida que ficou pra trás e da que ainda vem
vejo a alegria lá longe, naqueles dias de bem
nem sei mais falar do que sinto
não sei que nome isso tem

hoje eu só quero encontrar você e ficar quietinha
encostada no seu peito
vem!

hoje eu não quero ficar nem ir embora
não quero lembrar nem esquecer
tudo o que vem já é muito e é muito pouco também
em mim já não cabe mais nada e é só um vazio que tem

seus olhinhos parados, lembrança que vai e vem
fechei pra sempre seus olhos
vou fechar os meus também

mas é que ainda é dia, espero a noite que vem
pra sempre ou até amanhã, que deus me cubra de bem
se for um sonho o alento, que eu durma logo
amém

17 dez

uma voz sem rosto me disse hoje, em sonho: "fica sem susto, deus está te dando tudo o que você precisa". senti que se referia mais às provações do que às bênçãos que tenho recebido. pressenti que o subtexto era "você precisa disso pra crescer, pra chegar a um nível mais elevado de consciência, de realização como espírito, como ser".

minha amiga que chamo de bruxa me disse hoje que preciso ficar recolhida nos próximos dois dias, que serão conclusivos de um ciclo que foi muito espiritual, em que muitos sinais foram dados, um ano cheio de sonhos ricos de transcendência. não tenho dúvida disso.

o último ano passei quase todo na cama, de mão dada com meu amor, que não conseguia sair dali. coração inteiro naquele momento, mente e espírito empenhados numa conexão com o sagrado, em busca de cura e redenção.

vieram mesmo muito sinais. fomos amparados por mãos invisíveis que nos levantaram, por colos que fizeram dormir e deram bons sonhos. ali tudo poderia parecer perdido, não fosse o olhar esperançoso que tivemos graças à certeza de algo maior. nossos espíritos tiveram calma; nossos corpos tiveram força; nossas mentes, o benefício da dúvida quando a certeza podia ser fatal.

eu estava inteira e ao mesmo tempo não estava ali. precisava ir longe pra encontrar e trazer a luz, embora a paz estivesse sempre estado entre nós dois deitados juntos, na nossa casa, no nosso quarto, na nossa cama. a gente chamava de céu e ficava ali, naquele tempo-espaço só nosso. o resto todo lá fora, cada vez mais distante. era a nossa lógica simples do mundo.

18 dez

ah, meu amor, eu não encontro lugar, estão todos vazios. está cheio da sua falta dentro de mim. "sou eu e tu", você sempre falou. e agora? agora tem deus e minhas rezas entre nós. um universo-tempo inteiro nos une e separa eternamente, é definitivo. e eu, que sempre evitei o que não pode ser mudado, me deparo com a permanência desses dias: sem você.

24 dez

é acreditar no bem, nos grandes encontros
que o rio corre sempre pra encontrar o mar
..
acreditei ser sua cura e sua perdição
não pude aceitar o papel de simples espectadora

25 dez

"eu quero que acabe, pro bem ou pro mal. eu não aguento mais. e o mal, que a gente pensa que é eu morrer, talvez não seja. pode ser melhor pra todo mundo". acabou. amanhã faz um mês que acabou. faz um mês daquele dia em que acordei com saudade do que há muito tempo a gente já tinha perdido e corri pra cama onde você dormia nos últimos tempos. dormia, acordava, comia, fazia xixi. senti uma urgência e corri pra você, as lágrimas já doendo nos olhos: "eu acordei com uma saudade de deitar com você", te falei, ainda aflita. veio palavra, dor, falta, alívio, choro, tudo junto. "eu estou aqui!", você falou, como pra salvar a gente da ausência – certeza–, agonia que veio com aquele dia "chora não. chora não que o dia já começa triste. eu estou aqui", falou como se estivesse todo. livre de todas aquelas paralisações, inteiro pra mim, como sempre tinha sido. falou com uma graça de "faz o que quiser de mim", falou como se fosse possível o que faz tempo não era: te pegar sem medo de machucar, te abraçar apertado, deitar no seu peito, matar aquela saudade de nós dois juntos, corpo todo, dividindo o tempo, bendizendo a vida.
fiquei ali com tudo o que podia: minha mão na sua mão, um carinho, aquela entrega. fiquei ali, abandonada em nós. era nossa última manhã, era a última vez que eu ficaria deitada com você. foi essa saudade que amanheceu em mim, foi dela que acordei sofrendo, agora eu sei que foi.
junto com você foram embora toda a minha dedicação, os dias e meses de um cuidado que sugava e preenchia a vida, ao mesmo tempo. foram embora meus apelos, acabei um assunto com deus. com você foi embora a mãe que eu tive a chance de ser. não vou mais te arrumar

na cama, beijar e apagar a luz pra você dormir. nem deitar implorando pra que todas as bênçãos te cubram, que todo perdão seja dado, que deus e nossa senhora te curem e protejam, que você levante dali. partiu pra sempre aquele homem que eu vi chegar no sorriso magro e cheio de dentes que você abriu quando encontrei sua aliança, perdida junto com os quilos, na sala de espera da radioterapia. fazia tempo você não sorria. fazia tempo a aliança insistia em cair, você em colocar. tentou até me esconder o que virou quase um tique: a mão direita sempre trazendo de volta pro dedo anular esquerdo aquele símbolo do nosso amor.

quantas vezes meu coração foi partido nesses últimos tempos e o seu também, meu amor! quantas tragédias precisamos viver pra chegar até aqui, seja lá onde fique esse lugar. ainda não o reconheci, sigo tateando no escuro, cambaleando na direção de qualquer fresta de luz nesses últimos dias, no primeiro mês sem você.

qualquer ação é pesada, parece um fardo o viver. vou vencendo os dias sem esquecer dos prazeres da vida, mas de senti-los tão longe penso que não aguentar seria um alívio. não é em desistir, que virar as costas pra vida não é o meu tipo e nem era o seu, mas em não aguentar. assim, sem o peso da responsabilidade, como quem de tristeza sucumbe e cai nos braços do desconhecido, mais leve que as lembranças que teimam em me assombrar e tornar corriqueira essa dor que já sei de cor.

26 dez, um mês depois

tentar transcrever outro dia. ainda não dá.

27 dez

um dia eu pedi pra que se tudo acabasse me restassem os livros, aqueles que a cada página parecem dizer: "calma, você não está sozinha, eu sei o que você está sentindo". os autores preferidos se tornam grandes amigos ou tornam-se preferidos porque passamos a amar os segredos que compartilham com a gente. os nossos próprios segredos escancarados ali, aqueles que a gente achava que ninguém entenderia e descobre que alguém até já escreveu. é como se dissessem: "eu sinto assim também". esses são os amigos, pelo menos os preferidos costumam ser assim. sim, um pouco especular mesmo.
ganhei muitos livros neste último mês, em que quase tudo acabou. meus amigos e família me presentearam com muitas palavras de novos amigos que, esperam, me tragam conforto e talvez até alguma alegria. um bom livro é como ter pra onde ir, deixar que te peguem pela mão e levem pra outro lugar. isso agora já é muito. eu vou.

..

a minha escrita sempre foi jorro, enxurrada do que não cabe mais e vira palavra que me ajuda a entender. a vida. o amor. o em mim. o instante vivido.

31 dez

hoje tem que esperar a meia-noite. vem um ano novo junto com ela, e é bom estar acordada pra abrir a porta. a gente fez isso juntos por 15 anos. transborda alegria das fotos da nossa primeira virada. quem chegava era o ano 2000. inesquecível. todo mundo deve lembrar onde estava, era virada de século a nossa primeira. pra gente, que sempre inventava um motivo pra festa, o réveillon nunca passou em branco e a gente ficava incomodado em dividir com quem não aproveita essa chance de ser feliz ou de pelo menos desejar ser, de acreditar em dias bonitos e agradecer pelos que passaram. a gente celebrava a vida que dividia, gostava verdadeiramente dela. quem viveu com a gente sabe.

ano passado, quando no dia 31 os planos de passar com amigos foram desfeitos na última hora, escolhemos seguir pro sítio e apostar em mais uma noite feliz. e como a gente foi feliz ali. muito foi dividido, mas os momentos de nós dois eram especiais. pelo inusitado da festa que a gente foi juntos.

hoje é preciso esperar a meia-noite e abrir a porta pro ano que vai começar. sem você pra abraçar. sem festa. fazendo força pra acreditar que ainda pode ser bonito. as luzes se apagaram e a gente não se vê, mas eu sei que você está aqui. aqui dentro, onde a nossa festa não vai acabar nunca, meu amor.

1 jan 2015

hoje eu tive coragem de sair em busca de um lugar pra viver o céu azul que amanheceu. "nenhuma nuvem!", quase ouvi você dizer. era em dias assim que você ficava me mostrando o rastro de cada avião que riscava o céu de branco e brincava de adivinhar as rotas e insistia pra eu olhar, apontando empolgado da beira do deck. você gostava do ir e vir, apreciava o movimento, além do traço. hoje eu saí pra caminhar na pampulha, aonde a gente nunca ia passear. a sua falta está dentro de mim e fica difícil juntar com a falta que os lugares estão sentindo de você. melhor não arriscar, que esse tempo é de ter cuidado pra não ferir fatal meu coração. que se em algum dia azul eu voltar a ser feliz no nosso deck não vai ser agora, não. lá só está faltando. mas onde nunca teve você eu posso te achar. como no meu passeio à beira da lagoa aonde você não gostava de ir. tinha céu azul também, mas era outro, não era aquele nosso, não. pensei que você ia achar bonito o céu de hoje com a água verde, sombra de árvore intercalada com sol e o movimento de gente indo e vindo, caminhando e correndo junto com o tempo que trouxe mais um ano pra viver.

2 jan

ontem à noite sofri com muitas saudades, chorei doído difícil de explicar e pedi pra sonhar com você, precisava te encontrar. meu pedido foi atendido, isso é real. te encontrei em três momentos, como se fossem três tempos distintos. foram estes os três sonhos que lembro ter tido com você essa noite:

com sua cabeça no meu colo, eu te beijava a orelha brincando de segredinhos que te faziam rir e se enroscar. você estava naquela fase gordinha e cabeluda, costeletas largas. estava leve e feliz.

aqui você já parecia doente. estava magrinho, deitado, algum susto rondando. dava um suspiro forte de falta de ar e eu ficava te acariciando, querendo passar alguma calma com a mão no seu peito: "estou aqui com você, deus está aqui com a gente", e aquele sufoco ia passando. eu sabia que você já tinha ido e que aquele era um outro tipo de encontro. o sentimento era de que, se não fosse um sonho e você ainda estivesse vivo, ia faltar passar pelo momento da morte, aquela agonia de não saber como seria. tinha um alívio em já ter vivido aquela passagem, em já saber como foi, em já estarmos além.

neste último sonho, a gente se encontrou pra matar a saudade do que já não acontecia há muito tempo – antes mesmo de você ir embora pra viver nos meus sonhos – , daquele prazer. "eu queria te ter", eu te falei e recebi você em mim, num corredor com janelas grandes, abertas. em pé, ali mesmo. a gente estava se querendo demais pra correr riscos. vai que eu acordo, vai que o sonho acaba. você estava mais jovem, mais leve, com um sorriso lindo no rosto e uma falta de preocupação que não era muito sua. a sua leveza veio junto com a nossa urgência de realizar em sonho o que já não podia esperar. e a gente se teve de novo, essa noite.

a morte não separou a gente, não. inventamos outros encontros. agora você vem pra mim junto com o mistério da vida, do amor, do tempo e do espaço.
o que é real? onde fica o dia de hoje na linha do tempo infinito? e o que se pressente já terá acontecido? hoje eu te encontrei em diferentes épocas e pensei que estranho vai ser se eu chegar à velhice. você não vai envelhecer nunca pra mim, mas e eu pra você? como será que você me viu? será que vou ter sempre a imagem de hoje nos seus sonhos? será que nossos encontros agora são um sonho que sonhamos juntos? a gente foi muito bom nisso aqui nessa vida, realizamos muita coisa sonhada, podemos sonhar uma outra vida também.
mas e acordada, meu amor? nesse tempo-espaço aqui? eu só queria encontrar você. aqui, agora.

4 jan

ontem eu não tinha mais vontade de estar aqui. queria nossa vida de volta, queria estar com você, feliz no nosso sítio como sempre fomos em sábados de sol. a gente sempre saía de lá falando de como tinha sido bom o final de semana. "tchau, sítio, você é meu melhor amigo", você dizia pra se despedir, passando pela rua de baixo. a gente tinha umas coisas de criança, gostava de brincar.

talvez por isto doa tanto: a gente reparava na generosidade da vida, a gente era feliz e sabia. graças a deus.

..

na primeira segunda-feira levantei e fui fazer o que acho que você gostaria que eu fizesse. avisei que você tinha ido embora e entreguei o santinho que te deixaria sempre vivo na lembrança de cada um dos seus clientes. fiz o meu trabalho. foi duro, mas sobrevivi. se tivesse ficado em casa, deitada diante da nova vida real, talvez tivesse morrido ou morresse mais alguma coisa importante em mim. mas você me deixou isso também, um lugar pra me segurar quando não estivesse mais aqui: "se alguma coisa me acontecer, quem sabe você continua com a tabacaria?". sem intenção, que o que a gente queria não separaria você de mim, mas deixou.
hoje eu fui repor o estoque. decidi que pelo menos por enquanto vou dar sequência ao seu trabalho, que faz tempo a gente fazia juntos. sua tabacaria me salvou na primeira semana sem você, me impulsionou a levantar da cama pra fazer o que tinha que ser feito. foi assim que chegamos até aqui – sem enlouquecer ou perder a esperança, o que é quase a mesma coisa – , fazendo o dia acontecer, mesmo os piores dias.
fiz contas, listei clientes, separarei pedidos e, quando vi, estava na nossa casa arrumando espaço pra voltar. estoquei os cigarros, levei e desfiz a sacola de presentes de aniversário, separei as contas pra pagar, varri a casa e deitei na cama onde a gente passou tanto tempo. deitei no seu lugar – e isso eu já tinha feito antes – , mas demorei mais um pouco, esperei pelo que viria. eu tava sozinha ali, pela primeira vez sem chorar. fiquei só vivendo de novo.

comecei a voltar pro nosso mundinho, a conseguir ficar de frente com o que isso significa.

..

tenho recebido muito amor, eu que me imaginei sozinha no mundo, órfã da vida que a gente construiu pra viver. tive mãe na cama toda noite, do meu lado esquerdo, onde você ficava. na primeira noite, nem dormindo nem acordada, pulei de susto sem saber se era ela ou você naquele lugar desconhecido que aos poucos foi se tornando um pouco meu, por algum tempo meu quarto. uma escova de dentes nova, uma sacola com algumas calcinhas e dois livros que pedi pra me trazer de casa. sua foto saindo do mar. minha mãe ali: no café, na igreja, no choro, no carro, no primeiro domingo, na primeira crise, no último beijo que te dei, no choro, no calor, no mercado, no cliente, no choro, no riso que escapou, no meu aniversário, no fogão, na ida, na volta, na fé, na merda, no choro, no chão, na dor, no almoço e no jantar. ali, querendo me dar tudo o que eu precisasse. comida e colo. amor e algum consolo. ela vem segurando minha mão a cada passo, até sentir que pode soltar. minha mãe.

tive o abraço mais quente e apertado, com o peso e o amor do corpo todo que minha irmã tinha pra dar. se agarrou em mim e me cobriu com pernas, preces e todos os cobertores naquela cama. um amor quente e fofinho que fez meu corpo parar de tremer, esquentou meu frio e meu coração. não vou esquecer jamais aquele abraço.

tive cafuné da amiga que veio visitar numa tarde quente de domingo.

numa manhã, outra amiga e companheira de muitas belezas e também de outras perdas estava indo embora da visita que veio me fazer, a porta do elevador já fechando: "eu estou fudida também". e me deixou com um sorriso cúmplice.
tive muitas ausências, e isso me fez redobrar a dose de amor por mim mesma.
tive nosso amigo pra adivinhar a hora e me salvar de um desespero. me tirou dali e me levou pra praça naquela tarde em que eu não sei aonde poderia ter chegado se ficasse.
tive amor que veio de longe pra me abraçar e acabou devolvendo um pouco do que tava perdido, voltando comigo pra casa, rezando no quarto onde até então só cabia saudade, duras e boas lembranças, sua falta imensa e um pontinho de luz. preencheram com malas, preces, palavras, lágrimas, memórias de família e seus corpos amigos aquele cantinho que tava marcado pela ausência. sentiram ali o sagrado. do nosso amor. das bênçãos que recebemos. e trouxeram a vida de volta, essa de carne e osso que a gente precisa pra viver os dias daqui. dividiram comigo esse retorno. fiz de novo café, dormi na nossa cama, acordei com o galo que, já quase tinha esquecido, cantava de manhã, vivi de novo a nossa casa, com elas, por três dias. foi um começo bonito. ouvi rezarem pra mim antes de dormir, lá no outro quarto, assim como eu fazia em silêncio pra você toda noite, quando ia deitar. chorei e fiquei quietinha, recebendo e me emocionando com aquele amor, talvez como você tenha sentido o meu um dia.

..

recebo de um amigo, pelo celular, uma foto minha. feliz, de biquíni, comendo e bebendo na mesa do sítio. lembro desse dia, dessa hora. as lágrimas doem no olho imediatamente. de saudade daquela de mim que parece ter ido embora com você, de pensar no tempo duro que passou por nós antes da sua partida, levando aquelas tardes de sol e alegria que enchiam nosso coração e ficaram registradas em fotos como aquela.

..

às vezes parece que é possível um viver de novo sem dor. como no dia em que fui viver o céu azul ou como hoje, deitada no seu lugar, apenas estando, sem aquele buraco no peito. ele abre de repente.

7 jan

minha mãe
tomo impulso e começo a deixar pra trás as quarenta noites mais escuras, os dias que nem sei direito como vivi, a nuvem de opacidade que a morte jogou sobre a vida. já sinto uma nostalgia da beleza e do amor dos piores dias. chega a hora de partir.
fui com ela comprar almofadas novas, mandei limpar a casa, voltei a pensar nas cores, a voltar pra lá, a sair daqui, desse quarto que foi se tornando meu a cada noite que ela entrou pra deitar comigo e dividir o escuro quebrado pela luz da televisão que eu olho e não vejo. e pela sua mão na minha, por seus cuidados com gosto de chá e suco de maracujá, os únicos remédios que aceito, além de amor.

..

a gente morre um pouco quando perde alguém que ama pra vida. pra vida, sim; não é pra morte, não. porque é da vida morrer. é da vida amar e ir embora sozinho, mesmo querendo ficar. é da vida não saber quando acaba e ter que ver acabar. é da vida ficar e ir embora. é da vida passar.

9 jan

têm muitos choros, mas alguns salvam a gente de morrer. como esses que tenho chorado todo dia depois que você foi embora. é como se a dor se transformasse num veneno mortal e, um pouco antes de sufocar o coração num aperto final, saísse pelos olhos e escorresse até a boca com gosto de um mar de dentro. purificado o veneno, remédio que virou. nem é lágrima que vem, é água corrente, contínua, vital. até a próxima enxurrada. vou vivendo aos bocadinhos.

13 jan

eu vivi um amor. desses que são contraindicados por psiquiatras e feministas. acho que chamam de amor romântico. eu mulher; ele homem; a gente um. um desejo de que a vida durasse o tempo daquela plenitude.

..

estava aqui lendo e de repente parei pra olhar a serra, aquela nossa paisagem preciosa que, de todo dia estar ali, vive meio sem atenção. mas hoje eu parei pra olhar pra ela, risco branco no céu azul. um avião puxava o movimento, servindo de pincel. vi você me mostrando. não as tantas vezes que fez isso por aqui, mas me mostrando hoje, me fazendo levantar os olhos do livro justo naquele momento pra ver o rastro de você daí do céu.

vou continuar atenta às divinas sutilezas da vida, por enquanto é nelas que a gente vai se encontrar. até que chegue o dia de te abraçar de novo, encostar a cabeça no seu peito forte, fechar os olhos, respirar fundo. e só.

15 jan

eu te sei, a gente se dizia
eu te vou
eu te faço isso, aquilo
eu te cuido
tudo como pra dizer
eu te amo

hoje
eu te sonho

17 jan

chorar e escrever. parece que hoje só ponho pra fora os dias. agora há pouco, ainda deitada, o sábado azul que vi pela fresta da janela me lembrou de como a gente devorava os dias. sorvia o sol, se enchia da beleza da manhã que inaugurava o fim de semana e saía degustando cada pedacinho da vida. precisei chorar essa lembrança. mas não saiu tudo, aí vim pra cá escrever, e chorei de novo.

18 jan

primeiro fim de semana sozinha e na nossa casa. dói ficar aqui. dói pensar no sítio, sozinho também. dói achar que ainda não somos companhia um pro outro, sem você.
me ocupei de cuidar do espírito, do meu e do seu. acendi vela e incenso, pedindo pela luz no seu caminho e no meu. fui ao centro, tomei e trouxe água fluidificada e pensamentos de bem. encontrei amigos, procurei o encontro. tenho feito esforço na direção da retomada de um rumo, ainda que o maior prazer esteja na cama, quando chega a hora de ficar quietinha e sonhar com você.

..

as paredes das áreas frias de casa se rebelaram com o tempo e o calor e exigiram uma mudança no revestimento. pensei em quebrar ao invés de revestir, mexer na estrutura. o movimento às vezes começa involuntário e impulsiona uma transformação maior, é assim. passei horas pesquisando cores, paredes e cozinhas, e o domingo foi embora. agora chegou o final do dia, do fim de semana, de mais uma prova. estou aqui.

22 jan

anteontem foi o primeiro dia que passou sem que eu chorasse desde que estou sem você. também tomei uma anestesia e fiz uma cirurgia. tudo bem.

23 jan

você me deixou um lugar pra voltar
o de ter sido muito amada
carrego esse aconhego dentro de mim

26 jan

eu quis te criar uma bolha de amor
tomara você tenha ido embora nela
voando leve pro céu
aquele que a gente sonhou azul e cheio de mar

..

eu e a nossa casa

dois meses sem você
e não consigo voltar
mandei cortar a grama
a chuva veio molhar
deus, cuida da gente também
está cada um num lugar

28 jan

achar bonito é um tipo de alegria.

30 jan

você deu uma lição de vida, foi um guerreiro. a gente escuta muito essas palavras pra descrever lutas como a sua, e acaba parecendo banal. mas ter vivido tudo isso do seu lado me fez entender o verdadeiro sentido dessa batalha: aprender a ser forte sem revolta, guerrear na paz.

..

ainda bem que eu choro, senão, morria.

1 fev

você diria "acabou janeiro"
sempre ligado na passagem do tempo
acabou

..

foi como atender a um chamado a minha ida ao sítio ontem. me peguei pensando em você lavando o quiosque, esfregando o pé pra tirar a sujeira que não saía com a vassoura, em pé na beira da pia esperando o balde encher, jogando com vontade aquela água toda no chão, a sujeira indo embora com a espuma, você gostando de ver e andando com passinhos curtos, cuidando pra não escorregar no sabão.
tudo limpinho, sentava, botava os pés na ponta da mesa e tomava feliz da vida a primeira cerveja, sempre estupidamente gelada, orgulho que estampava na porta da geladeira: "a firma". e abria assim mais um fim de semana.
começam agora a ficar mais presentes as lembranças dos nossos dias antes da sua doença. ela veio e mudou tudo, trouxe e levou embora muita coisa. presente da memória tornar vivo de novo o que passou. presente de deus ouvir e ter coragem de atender ao seu chamado: "vai lá".
eu fui, me deu uma urgência de ir. chorei mais uma vez a sua falta e o nosso lugar estava chorando também. o chão marrom de terra molhada e pata de cachorro. marrom! você odiava chegar e ver aquela sujeira, encontrar as marcas de uma visita que não foi convidada, pensar que alguém esteve ali sem ser chamado. eu gostava de te atiçar: "ele deve ter dormido aqui, estava fugindo da chuva". eu achava graça do seu jeito de xingar "sem vergonha!", você que costumava chorar com pena de cachorro na rua, em

filme, coração mole. mas falava durão e batia forte o pé pra espantar algum que aparecesse. gostava de cachorro, mas gostava mais do sítio sem patas no chão.
cheguei e chorei no ombro do amigo que acho que você mais gostava. enxuguei o rosto, peguei vassoura e sabão; ele, o adubo e a mangueira. a gente pouco falou. ficou ali, cada um pra um lado, só cuidando. cuidando do espaço que ficou, de aprender a voltar sem você, cuidando de ouvir a sua presença, de ver o que vem.
no céu azul dois rastros de avião, daqueles branquinhos que você adorava ver e mostrar. emparelhados, paralelos, rastros de dois que voam juntos, mesmo sem se encontrar. como nós agora.
hoje é domingo. lembrei que acordava com você lá fora, me chamando pra tomar café. todo domingo, todo feliz. ainda escuto o seu chamado.

3 fev

li num bilhete que você me escreveu, lá no começo da nossa história: "vou te amar até o último dia da minha vida, e pra eternidade". seu último dia chegou e nos encontrou juntos. a morte teve nosso amor pra enfrentar.

5 fev

a gente faz uma força danada pra não se sentir no final da linha, pra ampliar o olhar para além do próprio problema, mudar o foco, sair um pouco do próprio umbigo e pensar em todo o sofrimento que existe no mundo. uma força descomunal pra não se sentir a criatura com as piores dores que alguém pode pensar. contando com a ajuda de deus, dos santos mais amigos, dos livros, de velas e incensos acesos, de exercícios diários de autocontrole, você consegue chegar perto de alguma coisa parecida com resignação. aí vem alguém e te lembra que não, que o seu problema realmente não tem solução. "pro resto todo a gente dá jeito, minha filha. abandono, desemprego, falta de dinheiro, tudo tem remédio. ex-marido a gente encontra por aí de vez em quando, quebradeira a gente resolve. enquanto der pra pagar as contas e tomar uma cervejinha, está bom. mas nada é pior do que o que você está vivendo, pode ter certeza que não". puta que o pariu! bem falou minha amiga: "eu estou fudida também". obrigada, dea. de tão humana, isso era tudo o que eu precisava ouvir aquele dia.

8 fev

eu fazia massagem, deslizava as mãos devagar desejando que aquele inchaço fosse embora junto com o movimento. você olhava fixo, mas distante, e eu te perguntei no que pensava. você: "no dia em que eu pular essa fogueira". continuei meu carinho e perguntei: "e como você imagina que vai ser?" "eu vou ficar muito feliz", você falou. eu te falei que aquele seria o dia mais feliz pra mim também. você ficou calado, continuou olhando fixo pro braço muito inchado, vendo o pensamento voar por cima da pele. no dia seguinte você deixou seu corpo aqui e foi embora, pulou aquela fogueira. não foi do jeito que a gente queria, não foi a alegria que a gente imaginou, mas pulou. você já não sofre mais. pelo menos não das dores e limitações que o corpo te impôs e que você já não aguentava.
eu, daqui, desse domingo branco de chuva, véspera de mais uma semana sem você, te imagino leve, cercado de luz, vivendo num dia de sol. por enquanto, pra mim, foi trocar uma dor pela outra. a alegria de deus talvez a gente só vá entender lá na frente.

..

dá pra apelar também. encher a cara todo dia, conviver com o que vale e com o que não vale a pena. gente que fica, gente que vai. palavras, muitas palavras. algum sentimento. tudo justificado pelo entorpecimento da hora que está difícil sentir. sempre dá pra piorar.
hoje eu escolhi ficar aqui, levantar depois de mais uma queda, sozinha. buscar comida, tomar uma taça de vinho e almoçar, só. (sobre)vivi.

9 fev

hoje acordei lembrando que a mesa do sítio está sem plástico. faz tempo você falava em comprar, e da última vez que fui lá joguei fora, tão sujo que estava. chove sem parar esses dias, então levantei nessa segunda, comprei e fui colocar. mais uma vez senti tanto a sua presença! sozinha parece que mais ainda. varrendo o quiosque, a água que fica empoçada na pérgola e que você tirava assim que chegava caiu de repente, sozinha. nem estava chovendo pra achar que transbordou. tomei por mais um sinal, uma forma que você encontrou de me dizer que estava ali comigo.

12 fev

às vezes ainda não acredito. e não é só na sua partida, mas em tudo que a gente passou, sabe? mas passou. e a vida não é pra entender, é pra seguir, aonde quer que ela vá. você perseguiu a sua com a força do corpo e da alma toda, se agarrou clamando pra continuar. mas era pra seguir, não era pra ficar.

o

v

o bom é que posso

r

a

13 fev

riqueza, das que a gente pode tocar (sem ser gente), eu tinha uma: minhas fotos. agora tenho duas: minhas fotos e minhas palavras escritas.

..

até pensei que eu fosse deus de tanto que hoje foi do jeito que pedi. encontrei inspiração, pensei em novos caminhos e ainda te encontrei no sonho, a gente muito feliz! mas aí lembrei que se eu fosse deus você teria ficado. ufa! não sou deus, não.

eu já tive muita dúvida se estava fazendo a coisa certa. pensava no que podia fazer pra aliviar a dor daquele seu momento. hoje, do lado de cá do furacão, ganhei a certeza de que, se é amor de verdade o que está sendo dado, sim, é a coisa certa. quem está vendo o sofrimento do outro não sabe o que fazer, quem está do lado de cá, sofrendo, não sabe o que pedir, mas quando ele chega a gente reconhece do que precisava. como quando eu te cobria, levando o lençol até o pescoço, e recebia de volta aquele seu sorriso, um se sentir amado que brotava do seu olhar em forma de agradecimento. em alguns momentos a gente tem a certeza de que está no caminho certo, independentemente da falta de sentido de que esteja sofrendo.

19 fev

perdi a fantasia
sem ter você pra brincar
ia pular o carnaval
mas ele quis me encontrar
me invadiu com seu samba
me fez cantar e chorar
o que é bonito é assim
quando a gente vê já está

passou o carnaval
você nunca vai passar

25 fev

relatos selvagens
na primeira cena do filme, montes de aviões parados na pista do aeroporto. uma mulher entra no avião, se acomoda e eu penso no porquê daquilo estar me lembrando você. fiz muitas viagens antes das nossas, inclusive a viagem dos sonhos, quando saí pela primeira vez do brasil pra conhecer a espanha, com vinte e poucos anos. por que um aeroporto, um avião, uma situação de viagem me levam até você? a cena continua. quando o avião está pra cair – sim, o avião cai –, a mulher é jogada pra cima da janela, e o que ela vê completa sua falta. continuo sem entender, até lembrar do seu primeiro voo. pela janela minúscula eu olhava com o encanto de sempre a distância aumentando entre mim e o chão, a cidade ficando pequena, se mostrando toda e se escondendo ao mesmo tempo, tudo virando detalhe. quis dividir com você e quando virei pra te mostrar você suava por todos os poros, rosto pálido, pregado à cadeira, apavorado: "não volto nessa merda de jeito nenhum". eu achei graça e brinquei pra você relaxar. depois de duas outras decolagens que precisamos fazer até chegar a salvador, você já tinha se acostumado a sair do chão. mas foi comigo a sua primeira vez. talvez tenha perdido algumas frases da cena refazendo esse caminho, mas precisava entender porque até o que parece não fazer sentido me lembra você.
você me tirou do chão muitas primeiras vezes também. foram muitos voos juntos, longo caminho pra chegar até aqui. quando apareceram as montanhas da cena seguinte, saí de novo do cinema e voltei a te encontrar.

voltando pra casa
choro no carro
tem sido duro chegar
a chuva caindo
comprei um leminski
espero nele te achar

no mato
na cama
no escuro
a gente
descobriu junto
o barulho
do silêncio

zzzzzzzzuuuuummmmmmm

eu queria escrever
tudo o que vi
mas o que fica
aqui dentro
não era
o que estava ali
fora é olhar
dentro é sentir

..

ele, gay, tentando nos explicar:
"somos 3 tipos de amor"
você, pra unificar:
"amor, amor e amor"

..

eu rio, ele mar
rumo da vida
encontrar

..

têm coisas que eu ainda não sei
como ouvir os nossos sambas
e quem será que serei

..

giribinha! a gente ouvia cantar
mas era só um passarinho
e nosso querer escutar

..

eu
te
sonho

26 fev

você foi
e eu fiquei

aqui

28 fev

é um pouco como nascer de novo, tudo parece pela primeira vez desde que você partiu. a primeira vez das coisas, as primeiras experiências dessa de mim sem você. fazer compras. entrar no supermercado e olhar de rabo de olho pra prateleira, procurando e ao mesmo tempo torcendo pra não encontrar o pão que você estava gostando de comer. passar pelo freezer e sentir gelando no coração a lembrança daquela tarde quente com sorvete de limão.

..

a nossa palmeirinha, aquela que esteve com a gente desde o começo, que levamos num dia de muita chuva – você na frente, no caminhão vermelho de carreto, e eu atrás, seguindo o que dava pra ver da estrada –, a palmeirinha que ajudou a fazer do nosso canto o que ele é, um pedaço de praia por aqui. a que já era parte do nosso chalé, a nossa palmeira ninho de passarinho, paisagem da janela. sentiu tanto a sua falta, que morreu, a nossa palmeirinha. tomara tenho ido enfeitar o seu céu.

2 mar

virou o mês
lá vou eu
com o tempo
que ficou
..
nós nus separamos
..
outro dia sonhei
que no espelho
via uma cabeça branquinha
a minha

hoje sonhei mais cabelos brancos
e um sorriso tranquilo
em você

acordei e tem
um tempo novo
pra viver

3 mar

deus
é não deixar
sozinho

amar
é querer ser
deus

deus
é fazer um ninho
e virar passarinho, feliz

4 mar

onde estará a palavra
que eu queria achar
agora?
..
deus é verbo
enquanto existirem as palavras
não estou só
..
deus é
naquele seu
sorriso

5 mar

já consigo pensar
em ter vontade
de novo

10 mar

você não era de ninguém
nem de nenhum lugar
era raízes de amor
a voar

11 mar

sonhei com um céu tão lindo
que o daqui não sabe ser
porque naquele
de cores absurdas
e amplitude de outro mundo
tinha caravelas-arcas gigantes
navegando leves
uma atrás da outra
como ondas-calmaria
no céu do mundo
aonde essa noite eu fui te ver

12 mar

esse fim de semana seria de festa. estaríamos os dois, cabelo molhado e alma lavada, sentando pra tomar a primeira cerveja do seu aniversário. estupidamente gelada, na hora marcada, orgulho e gosto estampados no prazer do seu primeiro gole: "aaaahhh!".
nós dois ali... a memória é um presente e um tormento agora que já não estamos. é como viver de novo, ter pra sempre e não ter nunca mais. grama cortada, espreguiçadeiras no deck, o pernil que você assou, o bolo que te fiz, nossos amigos e nossa música, e estava tudo certo. era bonito ver a alegria que você dividia. precisava de pouco. a gente era mesmo "uma firma", ainda é.

19 mar

você gostava de me apresentar lugares, mostrar os seus caminhos pra chegar, gostava de me ensinar o que já tinha aprendido e achava que eu não dava ouvidos, distraída e sabida que sou. acho que perdi mesmo muita coisa, mas você insiste em me mostrar. não quero perder mais nada, estou pronta pra te escutar.

sem lembrar que essa era a sua ideia, abri as portas da lojinha que você sempre falou que ia montar com todas as minhas muitas bijuterias paradas. fiz montes de coisas sem uso circularem e me peguei eu também num movimento novo. era esse um dos seus segredos, não deixar parar. consegui soltar o que não tinha motivo pra permanecer, mas que ficava. aprendi seu desapego e troquei o medo de precisar e não ter por um monte de coisas novas, pra mim e pra tantas outras pessoas.

inspirada por um passeio na minha coleção de vinis, comprei ontem uma vitrola. noite dessas fui comer na varanda, com uma taça de vinho. voltei pra massagem, fiz desenho de mim e chorei ali minhas dores de nós dois. minhas dúvidas, minhas punições, sua falta, meu coração partido. mas saí melhor. fui absolvida, acolhida e consolada graças à coragem de ter dividido. é o que tenho feito, é o que quero fazer, é o que tem me curado: dividir.

20 mar

eu te sinto
a falta
eu te ouço
a fala
entre um
e outro
sonho
me chama
“amor?”

22 mar

eu vou
mas no meio do riso
no último gole
na letra da música
está esse lugar
que não tem você

tenho que parar
e voltar
pra dentro de mim

aqui
aonde você
veio morar

26 mar

no meu altar
te acendi uma vela

beijo sua foto
e a saudade de cada dia
continua acesa

28 mar

eu tinha medo que, passando a tempestade, parassem de brotar as palavras. é que a fonte era feita de verdades vividas, vinha da experiência de estar ali com você, era de não caber em mim que ela transbordava em precisar dizer. mas não. teve a última chuva, aquela que desabou quando você saiu pela última vez da nossa casa, levado por estranhos seu corpo amado, sem vida e quase nu. teve eu olhando pela janela os pingos grossos que furavam o azul da piscina vizinha enquanto você ia embora sem eu ver, janela que não quis olhar. teve eu tomando banho pra sair também, primeiro ato de coragem depois daquela chuva final. precisaria de muitos. e das minhas palavras também. vieram outras tempestades. teve breu, teve sol, tem o hoje, e não, não param de brotar palavras em mim.

30 mar

lembrando da gente na estrada
cantando alto no carro
mais felizes com o caminho
do que com o chegar

31 mar

o dia todo
carreguei sua falta
mas esperei nossa casa
pra descarregar

chegou minha vitrola
gil veio cantar
no woman, no cry
aí pude chorar

"chora não"
ainda te escuto falar
mas é que já não te vejo
e mesmo assim sempre está

deixa a água correr
que é tempo de encharcar
estou plantando um jardim
e dele vamos brotar

2 abr

você morreu
queria te ouvir falar
sobre o que ainda parece
que não aconteceu

como foi a partida
o bem e o mal que te fiz
se isso tinha importância
se você foi feliz

se quando parou de me olhar
ainda vivia
e só não mais doía
como imaginei

se minha mão no seu peito
te acalmou como a mim
já que conter a agonia
foi nosso acordo no fim

se vida ainda havia
se o meu sopro sentia
enquanto você morria
pedaço de mim

já me deu até sono esse meu escrever. um peso que virou palavra, e foi. é que eu não entendia o que é que sentia até conseguir dizer. palavra cura.

4 abr

a gente estava sempre
em primeiro lugar

um
pro
outro

eu
pra
você

você
pra
mim

choro lembrar
que a vida era assim

6 abr

a gente teve que ter fé na vida
e tivemos
agora tenho que ter fé na morte
como uma vida que mora aqui pertinho
e nos vemos
..
sol no rosto
vento no cabelo

13 abr

não vi mais o mar depois que te deixei com ele naquela nossa tarde-despedida. dia de semana, praia de pernambuco vazia, sol e céu azul, não podia ser mais você.
te entreguei e fiquei observando aquele caminho mar adentro, o mesmo que te vi fazer tantas vezes. aquilo era como se fosse um filme que a gente nunca pensou encenar. eu não sabia o que fazer. fiquei ali, quieta... forte e abandonada, abraçando a mim mesma e vendo voar lá no fundo, junto com as suas cinzas, todos os dias que passamos ali. e você foi embora voando das mãos do seu amigo. o mar te recebeu.
acho que vou sentir o seu abraço quando for mergulhar de novo. aquele que envolve toda, que molha, abraço de amor. em pé na areia uma saudade seca vai soprar em mim até que a espuma branca venha brincar com meus pés e me levar de novo. pra você. todo mar vai ser você. porque você chorou pensando em deixar essa vida e não ver mais o mar. porque eu te falei que o céu é um lugar cheio das coisas que a gente gosta e que no nosso céu com certeza vai ter um mar bem bonito, como a gente nunca viu, e você se acalmou com essa visão. porque a gente vive e morre pra se tornar um pouco daquilo que ama, e agora você voltou a ser o mar que tanto amou. acho que vai ser assim o nosso próximo abraço: um mergulho profundo de saudade e encontro.

..

todo mar vai ser você também porque com 15 anos você tatuou um golfinho no braço com um gringo muito louco, o lucky tattoo, primeiro tatuador do brasil. porque isso foi na zona boêmia do porto de santos, na beira do mar. porque anos depois, brincando feito criança nas águas cristalinas e cheias de peixinhos coloridos das ilhas botinas, na ilha grande, você falou, pulando na água, que "essas são as férias perfeitas pra um golfinho". porque fez ainda mais três tatuagens: nas costas uma caravela pirata com meu nome, um netuno no braço esquerdo e um merlin que eu nunca perdoei por ter "matado" o velho golfinho do seu braço direito. e me contava as aventuras do low, um pirata que nasceu da sua imaginação de homem do mar. imitava o barulho do vento soprando nas velas do galeão em noites de tempestade. aventuras sinistras, mar revolto e a gente envolvido pelo silêncio, protegido pelo escurinho do nosso chalé na montanha.

e tinha também as histórias reais, de piratas de verdade - coisas que nunca imaginei existirem fora dos livros e telas de cinema - , mas que pela sua vida passaram. piratas do porto de santos que você admirava de longe. piratas trapalhões. pego literalmente no pulo, num navio ainda ancorado, um deles pulou de uma altura de vários andares, só que pro lado de terra. quebrou as duas pernas e quase deu fim à carreira, mas virou manchete de jornal e um tipo de orgulho entre os parceiros que, pra comemorar outras piratarias, bem-sucedidas, se divertiam em festas regadas a muito vinho branco, drogas e camarão rosa. fechavam um andar inteiro de hotel e mandavam cobrir de flores pra receber suas putas sortudas. sim, vinho branco e muitas flores, que pirata também sabe ser romântico. você ouvia e se encantava com essas histórias, olhava de longe, menino que era. eram seus herois aqueles piratas.

porque já muito doente falava mais na marca sumida da sunga do que nos outros tantos incômodos que a doença trouxe: "olha, não tenho mais marca da sunga. nunca fiquei dessa cor!". ô, meu golfinho!

porque foi na beira do mar que a gente se conheceu e pra onde voltamos pra ser felizes tantas vezes.

15 abr

passado
você
meu presente

são paulo, 18 abr

método marina abramovic – sesc pompeia
todo mundo ali... só sendo. exercício de cristalizar-se, ser como pedra e madeira, coisa de deus. mas pensar em só ser é já não estar só sendo. é que existe um caminho a ser percorrido pra chegar ao original. pra fazer do seu jeito, tem que primeiro aprender a fazer. se nunca andou em câmera lenta, é só nos últimos passos que vai ser você andando. primeiro descobre o ritmo, procura equilíbrio, cuida pra não correr. e depois de meia hora, 100 metros percorridos, talvez esteja a caminho de só ser.
seu jeito de andar, de ficar ou ir embora, nunca dá pra esconder.
..
antes de uma viagem
os dias são só datas marcadas
depois viram o que fizemos deles
depois viram marcas em nós

23 abr

a história que a gente viveu não começou
nem vai acabar nessa vida
..
sempre que fico muito triste
sentindo demais sua falta
você vem me salvar
me sopra um apelido
me faz lembrar que ainda está

30 abr

encontro seu cartão da radioterapia numa bolsa que há tempos não usava. voltam as tardes pela av. contorno, até bonitas, o sol já mais baixo – suas sessões eram às 17h –, mas também os acessos intermináveis de tosse pelo caminho, o copinho descartável pra cuspir e as balas – minhas tentativas de tornar aquilo mais confortável pra você. o braço que de tão inchado você começou um pouco a carregar, a cadeira de rodas. você me esperava no carro enquanto eu ia buscar a cadeira pra te levar. passou a ser impossível ir andando, passou a ser impossível acreditar no que estava acontecendo. mas estava. eu ia fazendo, precisava fazer. mas entre um e outro silêncio que a gente se impôs sem combinar pra enfrentar aquele caminho – os corredores frios, as longas esperas, o médico desconhecido abrindo a porta, a cadeira com a roda emperrada, só uma força a mais que eu precisava fazer –, entre um e outro desses silêncios você brincava com alguém, fazia piada com o médico, acabava com a tensão de precisar de alguém pra te ajudar a sair do carro, você aparecia de novo. você que ficou refém, mas estava além daquele corpo fraco, das pernas magrinhas, da voz pequena, cansada. você nunca me deixou esquecer quem você era, continuava ali. talvez por isso eu enxergasse turvo o que você já não gostava de olhar no espelho. eu te via a força. eu te queria a alegria. eu te dava a vida. você teve alta daquela parte do caminho no dia nove de setembro.

2 mai

tá. eu saí, passei bem pelo dia, encontrei até algumas alegrias. mas é que eu volto, e você não está. você nunca mais está. eu choro. e durmo.

..

fé, coragem, amor
ah! e bom humor
sempre que impossível

3 mai

ontem encontrei nosso amigo joaquim. não tinha ido conhecer o bar dele ainda, evitava aquele abraço que foi um pouco em mim, um pouco em você, apertando a falta entre nós dois. sabia que ia ser assim.

5 mai

tomei coragem e revi nossos vídeos. encontrei sua voz, seu jeito, nossas risadas, brincadeiras que já não lembrava, nossa vida. que alívio ver você vivo outra vez.
acordei e quis ver mais. e você me encheu de alegria e força de novo. e de novo. e de novo. e de novo.

..

ando com uma sensação de eternidade. nunca duvidei do antes e do depois daqui, mas agora tenho sentido o que antes era só pensar. isso tudo que aconteceu trouxe a visão de um tempo largo, de realidades invisíveis que se deixam tocar com o coração e que se sobrepõem. de um sentir sem tamanho que pra sempre nos une, e só. isso aqui é só um instante.
a vida não é pra entender. é fluido uno, divino, que a gente prova, mas que escorre pelas mãos, feito manga madura comida no pé, debaixo de chuva. escorre viva e retoma seu curso, infinito. é bom se lambuzar, porque assim o doce fica, e é pra sempre.

8 mai

não importa se é real, importa se faz bem

..

quando vi seu vídeo outro dia, por um momento me apiedei da minha própria alegria. coitada de mim, feliz em te ver vivo num instante que pode se perder com um pau no computador. mas não é no vídeo que você está vivo. você está vivo no sorriso que eu abri quando escutei a sua voz, na beleza que ando vendo nos dias depois que te vi falando comigo de novo, no bem que você me faz.
isso é real, você está vivo em mim, isso existe. a existência das coisas pode ser medida pela intensidade das sensações que provocam. como a imortalidade dos artistas, pra sempre vivos em cada reflexão, em cada mudança de rumo desencadeada pelo contato das pessoas com suas obras. eles estão ali, mesmo não estando.
ando gostando da ideia de ver minha escrita e nosso amor espalhados, quem sabe criando vida por aí.

11 mai

hoje eu só queria a nossa vida de volta. te fazer uma comida, deitar do seu lado e dormir. dormi.

13 mai

hoje eu escutei no rádio que seriam sorteados vários kits culturais. achei bacana, pensei em ligar, tinha certeza que ia ganhar. cheguei em casa e liguei, esperando o sinal de ocupado que me lembro ter ouvido inúmeras vezes quando, num tempo lá atrás, ligava pra participar de alguma promoção em rádio. o tutti atendeu: "alô?", como assim ele atendeu? gente, o que eu devo falar?. "alô?". eu: "alô, alô", como se não estivesse ouvindo. ai, ai, às vezes mesmo esperando a gente não está preparada pra ganhar. ele desligou. mas eu não desisti, não, que um daqueles kits era meu. liguei de novo. uma e mais uma e mais outra, agora sim, todas as chamadas ocupadas. ele atendeu de novo. "alô, boa tarde!". eu, rindo: "oi, boa tarde!", e pronto, participei da promoção que nem sabia qual era. "você gravaria com quem?" silêncio. "gravaria?", ele entendeu e me ajudou: "sim, se você fosse uma cantora e fosse escolher alguém pra gravar com você quem seria?". "cássia eller!". mas por fim foi caetano, que ele pediu pra ser alguém que estivesse vivo. no final do programa, leu os muitos nomes de participantes e suas parcerias improváveis e deu o nome dos quatro ganhadores. eu estava lá.
ah, a gente sabe quando vai ganhar. como quando fui pra natal e na véspera sonhei com você chegando na minha vida, antes de te conhecer. presente do mar.

16 mai

sua prece
foi atendida
você foi
..
sonho fantástico
um céu que de tão colorido e amplo
podia ser do dia indo ou voltando
mas não era um dia daqui
..

tudo acaba
o dia, todo dia
ídolos e suas vozes
famílias inteiras
histórias que não aconteceram
vidas felizes
tudo morre
mas você, você não

plantas que foram verdes
árvores e suas sombras
mas aquelas nossas tardes, aquelas não

toda inocência
meu corpo encantado
por um outro amor
tudo morre
mas você, você não

17 mai

a sensação de estar em casa tem muito a ver com a pessoa com quem se está. estar com alguns amigos é como estar em casa, em qualquer lugar do mundo.

..

dói escutar as suas músicas e dói escutar as minhas também. parece que fomos embora os dois.

19 mai

tem noite que você vem me salvar
do dia
de acordar de novo sem você
de não saber pra onde ir

me pega pela mão e me mostra
o que não se pode ver
me mostra pra mim
me abre o caminho
me mostra você

eu te sei aqui
então sigo, a salvo

23 mai

águas claras
é que aqui, mais perto da nossa casa, me sinto ainda mais
longe daqueles nossos dias.

26 mai

hoje faz seis meses
e se deixar muito aparente a minha tristeza
vou ficar sozinha de novo, pode crer
ninguém sabe ou quer lidar com isso
já deu pra aprender

foi tão dura a nossa luta
mas éramos eu e você

29 mai

aquela obra, a dos revestimentos, acabou acontecendo. comecei pelos banheiros. a simulação do laranja na parede me animou e pra fugir do cheiro de tinta fui dormir no outro quarto. resisti a desligar a televisão prevendo uma escuridão que não veio. estava eu ali na cama onde você dormiu nos últimos tempos antes de ir embora e quando deitei o lençol estava macio, o coração estava tranquilo, não ficou escuro, não. aqui na nossa casa nunca fica. tem uma luz que vem de fora e não permite breus no apartamento: luz da rua. desliguei a televisão e antes de dormir fiquei olhando o que dá pra ver da sala, no final do corredor. o quadro do mar, a porta do nosso quarto, o contorno das coisas. gostei de estar ali, no seu lugar, descobrindo o que você via. isso me encheu de um conforto. tem uma luz que vem de dentro. dormi a noite toda e sonhei sonhos bonitos.

30 mai

fomos abençoados com os encantos do encontro verdadeiro, aquele que faz a gente continuar querendo apesar e além das nossas imperfeições, humanos que somos. aquele que faz a gente se aproximar do divino, capazes que nos tornamos de tanto amor.

..

querer de volta a luz das nossas tardes verdes
nesse sábado em que você não está
querer de volta a nossa vida
sem ter você pra brincar
é que o sol vira sombra, se a nuvem não deixa passar
mas tudo que a gente viveu foi feito pra iluminar
o meu caminho e o seu até te reencontrar

2 jun

e o que mais eu posso fazer senão ajeitar com carinho a flor de sementes-bolinhas vermelhas que ganhamos num passeio de jangada na lagoa paraíso quando passo pela estante? voltar o barquinho de búzios pro lugar certo, segurando um dos cantos da nossa foto em são miguel dos milagres, a garrafinha de areia de jeri na outra ponta. trazer de novo pra frente a concha que você trouxe do mediterrâneo, manter o amor naquele altarzinho de água salgada no meio dos livros. o que mais eu posso fazer senão trocar a cor das paredes, sair pra caminhar, aceitar o azul do dia e seguir, cuidando de manter o que de bonito você plantou em mim? o amor, esse impulso de vida.

7 jun

o meu iphoto pula de dezembro de 2013 pra dezembro de 2014. de você estar pra você não estar.
ali encontrei meu último aniversário com você, último natal, último réveillon, nosso sítio com balões brancos. virou o ano. depois não teve mais foto, teve vida que a gente preferiu não registrar. até fazia piada: "por que você não faz uma selfie no hermes pardini?", e a gente ria. "no dr. geraldo, na pacheco". a gente fez piada, mas não fez mais foto, não. a última foi do anjo de natal que acendi na sala quando eu não sabia o que fazer, dias antes de você partir, e te disse que ele ia cuidar da gente, iluminar nosso caminho.
era começo de noite, não tem a gente na foto, só aquela luz na sala que começava a escurecer.

13 jun

hoje é sábado.
sua ausência acordou descansada por um sentido de amor real que tem estado comigo. te trazendo aqui, me levando até você. um sentimento de que esse longe-perto vai estar sempre presente, aonde quer que nos leve o caminho. e que nos leve, aceito que já levou. peço e confio que seja um caminho de luz, de crescimento, um caminho pra gente ser melhor e se encontrar sempre que possível, até que ele volte a ser um só e nos deixe abraçados de novo, lugar de sol e amor.
os dias começam a passar diferentes por mim, eu por eles.

15 jun

hoje, caminhando e pensando nos próximos passos, comecei a visualizar o objeto em que talvez se transformem essas palavras.

17 jun

minha amiga postou hoje um vídeo, *blackbird*. câmera parada, pedaço de céu azul entre duas copas de árvore e o canto de um pássaro preto. lembrei de morro de são paulo. têm muitos deles lá, na quarta praia. e dá pra mergulhar,

ver peixe colorido e ouvir pássaro preto ao mesmo tempo. ao mesmo tempo! a gente ficava sentado em alguma das piscinas rasinhas e cristalinas que tivesse escolhido, orelhas pra fora d'água, olhos e máscara dentro do azul, ou ficava que nem jacaré – andando com as mãos, corpo e alma flutuando leves, os sentidos um pouco dentro, um pouco fora da água – e passava horas assim, juntando mundos. o ritmo lento, colorido e silencioso da vida dentro do mar com o canto forte, doce e invisível soprando do lado de fora. fazia casa embaixo da castanheira, ficava feliz. mochila pendurada no galho, canga estendida na areia, alguma fruta e garrafa d'água, a gente indo e voltando do mar. prazer ficar ali deitados, protegidos pela sombra feita de folhas douradas de sol, e prazer também admirar de longe – ela quase sumida, emaranhada na paisagem daquela praia que era só nossa – a dádiva que era a casa que construímos pra acolher aquele dia. precisava mais nada, não. mas ainda tinha nosso amor. e aquela brincadeira de pôr fogo no mar. e a gente queimava. e derretia. e deixava o mar levar. e começava de novo.
foi uma viagem que a gente gostava de dividir e de reviver um pouco toda vez que contava, perseguindo detalhes que pudessem ficar perdidos pelo caminho.
hoje estou eu aqui, contando pra mim mesma e querendo registrar. já me fez feliz e fez triste, mas é esta a riqueza: ter uma vida pra levar, ter dias bonitos guardados. pra transformar outros dias, pra transportar o tempo e o espaço no peito e o amor aonde se vá. era esse tipo de prazer que a gente considerava coisa preciosa de ter, essa classe de instante que quando vivido a gente reconhece: é pra sempre.

19 jun

chego na garagem
sua moto não está
e vai ser sempre assim!
não dá pra acreditar

entre o carro e o elevador
escuto você falar
"foi deus que quis assim, amor"
antes que eu fosse chorar

23 jun

se eu já superei? não, isso não é pra superar. como superar, passar por cima, fazer desaparecer, descartar o que vivemos? não, não superei, não. e nem sei se quero superar. por enquanto soa quase como uma afronta essa pergunta. tenho que achar um lugar no coração pra acomodar essa bagagem que está difícil carregar, mas que é a nossa vida, a nossa história. não é sair jogando as coisas pela janela pra diminuir o peso e abrir espaços que criam um eterno chacoalhar. coisas batendo de lá pra cá, barulho da falta. que o que dói tem seu espaço também. há que achar forma de acolher a dor, que também é vida, e quem sabe ela vira uma alça forte na qual vou sempre achar segurança pra pegar firme e seguir, cabeça erguida, mala na mão. "deixa acertar a carga", você gostava de falar.

25 jun

hoje li que o que interessa são os frutos que deixamos. o seu fruto é alegria, o riso que aparece sempre que alguém fala de você.

28 jun

passei bem
pelo domingo

sozinha

acendi vela
pedi por nós
saí pra caminhar

programei o dia
telefonei, queria ir
mas tou aprendendo a voltar

a ficar com essa de mim
que nasceu da nossa história

a mulher amada
que você plantou em mim
e que vai me acompanhar

1 jul

comprei uma passagem
o olhar já foi na frente
subir montanha de neve
e levar comigo a gente

4 jul

passa nuvem
passa tempo

já passou

5 jul

chegou domingo de novo. dia dos nossos cafés da manhã um do lado do outro, os dois de frente pro dia que muito frequentemente amanhecia claro, com o sol teimando em atravessar as brumas pra iluminar o jardim. era a confirmação semanal de que a vida estava no rumo certo. era simples, era pouco e era tudo que precisava pra ter pleno o coração. eu e você, café com leite, suco, pão com manteiga, geléia – o que ficasse faltando não fazia falta, ficava pra outro dia, dia que não fosse aquele de acordar com os primeiros raios de sol invadindo o quarto, abrir a porta e sentir o abraço friozinho da manhã que o seu logo vinha esquentar. seu abraço grandão, meu beijo no seu peito, o café que você fez e me chamou pra tomar. passarinho ensaiando as primeiras notas, revoada de maritacas barulhentas ignorando que ainda é cedo, micos chegando na certeza da sua acolhida, o sol subindo agora na mesa, e pronto, a gente tinha recebido de volta, mais uma vez, todo amor que depositava naquele nosso lugar. nossa casinha encantada, nosso lugar de ser feliz.

o que eu vou fazer com essa felicidade que virou memória, além de escrever aqui, tentativa de não perder? vou guardar no peito, gravar na alma e desejar que retome seu poder de me fazer feliz.

acabei de ouvir um bando de maritacas. aqui, na cidade. aqui, onde tenho vivido domingos de felicidade por inventar, vida que segue.
hoje te acendi uma vela, falei da minha saudade, chorei de novo nossos domingos que não mais estão. mas te falei também da certeza de que quando a gente se encontrar de novo vai ser ainda mais rico, a gente vai ser ainda melhor. almas esculpidas e belas. e nossas manhãs de domingo... ah, nossas manhãs de domingo hão de abraçar a gente no aconhego de um lugar que seja de novo o céu pra gente, seja ele onde for.

12 jul

é domingo de novo. obrigada por todas as alegrias que você me deu, meu amor.

..

o céu riscado de branco
de gente indo e voltando
parecia dizer
que quando se é só saudade
a gente aprende a linguagem
de quem não quer esquecer

e o dia foi desenhando
querendo mostrar, apontando
um jeito novo de ver
que coração vira olho
e que de onde mais falta
é que aparece você

16 jul

um pouco mais de vida sempre pode ser um recomeço. pra gente foi. foi o tempo que tive pra te fazer uma tatuagem, pra tentar mostrar todo amor que muito tempo juntos periga esconder. pra lembrar que você era tudo pra mim e também pra te dizer. pra ser amparada por um amor divino e te acalmar com ele. pra conhecer o mal e pôr ele pra dormir. pra me conhecer rasgada, pra levantar pingando, pra morrer e nascer todo dia, pra saber o que é a vida. agora eu sei.

19 jul

chegou domingo de novo. e pra onde devo ir?

20 jul

ficção de domingo, estrada pra casa branca

não, ela não viu passar a vida toda em poucos segundos, como se fosse um filme. era mesmo só aquela manhã, e uma saudade. a estrada verde que ficou pra trás, a que faltava percorrer, o cd que estava escutando, as cores vivas do cerrado em flor na beira do caminho, o celular saindo de área e uma vontade de falar. a terra vermelha, os amigos que ia encontrar, o que já não encontraria mais, o que não tinha.
não percebeu quando sumiu o asfalto e o carro procurou a terra. amparada pelos braços do homem que a socorreu, soltou relaxada a cabeça, sentiu o carinho amado e revolto do vento no seu cabelo, olhou com o encantamento de sempre o azul do céu e sentiu escorrer quente uma lágrima solitária e feliz. agradeceu. sorriu pela última vez. "o dia está tão bonito!". fechou lentamente os olhos e foi enfim reencontrar o que perdeu. nenhuma luz desconhecida pra seguir. seu corpo exalava o calor do sol, a pele ainda quente enquanto nuvens brancas corriam preparando o espetáculo da tarde laranja por vir. uma criança se encantava com o primeiro voo de sua pipa cor-de-rosa, lá no alto. dançava leve e levava pra longe corações distraídos que passavam pela estrada.

santiago, 28 jul

comecei a pensar em coisas que nem sabia ter medo de esquecer. não ousava lembrar, doía demais. agora voltei a rir lembrando do seu riso. a cuidar de mim lembrando dos seus cuidados. a te ouvir dizer as coisas que dizia. hoje mesmo, aqui pra mim, como sempre foi. esqueço não.

..

estava tudo meio escondido naquela manhã. o primeiro lugar que visitamos, eu e meu sobrinho, o museu que ficou por ver, a avenida-caminho-de-casa por uma semana, as pessoas e suas rotas diárias, os passos corridos e a fumaça fria que precisavam soltar pela boca pra seguir, o caminho que a gente tinha pela frente. estava tudo meio escondido por vidros embaçados, frio e nevoeiro. e por uma vontade tão grande de ir que me esqueci pra onde ia. dentro da van, na estrada pro litoral, eu me dei conta. tinha um encontro com o mar dentro dessa viagem, eu coloquei na mala e não vi. mas tinha mais. um túnel de 3km na estrada, uma mureta de concreto beirando o mar, navios de carga no horizonte, um jardim pra atravessar, um canal, um porto. tem lugares que nos levam a outros lugares. viña del mar me levou pra santos, que vai me levar sempre a você.

..

6232#

a chave pode estar num convite. em fazer um convite, em aceitar ir. um envelope com meu nome na recepção e uma senha de acesso. listo, se abrió la puerta. a gente só precisa se abrir, é esse o segredo pra portas fechadas.

3 ago

na volta da primeira viagem longa que fiz, você veio me mostrar, com um sorriso largo no rosto, que ficou feliz junto comigo, muito feliz. nesse sonho, de dentro de uma piscina, um pouco mais novo, forte, muito vivo, intenso como sempre foi, você me fez sinal de joia com as duas mãos. vibrante, como me parabenizando, como fosse um prêmio pra nós dois eu ter aberto esse espaço pra alegria, pro novo, pro belo, pra vida. você estava radiante e eu acordei assim também.

antes de você aparecer, tinha um homem que me beijava o pescoço. não sei quem era, e tinha um misto de sentimentos em mim: um não querer e algum afeto. e a sua alegria parecia ter também alguma relação com essa possibilidade de envolvimento que pra mim ainda não existe. eu deixei que ele beijasse meu pescoço, apesar do desconforto com a situação, e você me dava seu aval pra ser feliz, pra seguir de coração aberto nessa vida, de coração aberto pra tudo.

7 ago

há certo tempo
comecei a querer
decorar-te

a diferença de cor
entre um
e outro
olho

olho esquerdo-escuro
gravei

e associação pra guardar
todos os seus jeitos
de olhar?

queria adivinhar o que via
o seu olhar parado

o que diziam
aqueles seus silêncios

a dor que sentia

porque não sabendo
posso tê-la sentido maior
ou menor
nunca saberemos

10 ago

agora
procuro horizontes
que nunca olhamos juntos

nesses
não espero escutar
sua impressão que não vem

e seu olhar
apenas sei
que está

uma cordilheira nevada
e eu ainda não tinha ficado
tanto tempo sem chorar

11 ago

quando vi de novo o mar, encontrei estrelas prateadas que te cobriam-viraram você, cintilando sobre a água onde batia o sol que não se adivinhava naquela manhã que nasceu cinza. o céu se abriu pra eu te ver. como no dia em que fui te deixar pra ser eternamente um peixe, caravela, uma lembrança, uma onda forte, uma dor, mergulho profundo, um corpo molhado, um beijo de sal, um olhar que vai longe, um horizonte de água, meu amor.

12 ago

a dor e a forma de lidar com ela são únicas. assim como são únicas a alegria, o jeito de ser feliz, de rir, de bater a porta, beber cerveja, entrar no mar, enfim, tudo o que vai embora junto com uma pessoa que era assim, única. e todas são. mas para além das nossas particularidades, fazemos parte de um coletivo fadado a encarar, mais dia, menos dia, o encontro com essa condição que nos coloca num mesmo saco, todos. é bonito e duro ser mortal. talvez seja bom lembrar disso de vez em quando, principalmente no mundo virtual, onde a vida parece ser, quase sempre, só alegria.

15 ago

eu fui

abri a janela
tirei a poeira

levei cerveja
deixei água correr

sentei na nossa mesa
e vi de novo a tarde entrar pelo jardim

é cedo

o cd que estava no som
eu não me lembro quando
mas ouvimos juntos nalgum dia que foi a última vez

falta tempo

..

não foi sempre tudo manso aqui dentro, sou terra mexida. mas lá fora, possibilidade de alento, tinha o conforto doce de você me chamando pra sentar: "para um pouco". serenava e ia, quase sempre, dividir com você aquele horizonte de nós dois, pra onde ainda estou descobrindo jeito de olhar.

ficaram a montanha, a espreguiçadeira. ficou uma quietude de folha parada, vento que passou. ficou música pra pôr e aqui dentro, amante de tudo o que fomos, uma saudade molhada e escorregadia pra amansar.

16 ago

a coceira no dedo veio junto com a ideia da tatuagem. tirei a aliança e fui ficando sem ela, estranhando a falta e experimentando desenhos naquele espaço preenchido há tanto tempo, agora em branco. a marca que ficou como se fosse a própria aliança, por dias, começou hoje a sumir. eram duas linhas, uma cintura que parecia feita por algo muito apertado. mas não apertava, não, só de vez em quando. a pele fina e brilhante por baixo de anos de prata e amor já vai se igualando às ruguinhas do resto da mão. é o tempo abrindo espaço pro sol que vai chegar.

18 ago

ô, mãe! quando, lá atrás, momento de tempestade, me comparei a uma pedra rolando, arrastada pela enxurrada lamacenta, foi que você me disse uma das coisas mais doces da vida. que não era isso, não! que eu era como uma flor que cai leve em água calma e vai sendo levada suavemente. disse isso com uma certeza que fez me ver flor no rio, caminho bonito pra seguir. ô, minha mãe.

20 ago

"eu sou o summer!". é mesmo.

21 ago

num dia que era ainda muito pouco tempo
depois de te perder
escolhi a mensagem que queria usar
cinco dias depois voltei a entrar em casa
escolhi também a foto e fiz o seu santinho
um mês depois voltei ao sítio
quarenta dias depois voltei pra casa
algum tempo depois parei de ouvir
você me chamar de madrugada
dois meses depois voltei a caminhar
tomei uma anestesia, tirei um pólipo
e tive um resultado de biópsia diferente do seu
sete meses depois voltei pro pilates

teve o tempo de entrar pela primeira vez no supermercado, pôr gasolina, voltar àquela farmácia, entrar na garagem vazia, ver sua ausência no rosto de um amigo e na falta de jeito de alguém que vacila em se aproximar de mim nesse outro tempo, o tempo sem você.

oito meses depois viajei pra longe
vi o mar
vi sua cidade de cima
e voltei pra casa de novo
oito meses e meio depois voltei a pôr música
e a vivenciar aquele nosso lugar
quase nove meses depois não me acostumo
a não te encontrar
e planejo sair outra vez

26 ago

hoje, exatos nove meses depois, fui procurar na despensa um lacrador de embalagem pra tapioca que abri no café e, num impulso, comecei a olhar as datas de validade do que estava ali. a maioria vencida há muito tempo. o fermento em pó que usei pra fazer seu bolo de aniversário, o grão de bico do lanche, a farinha que você gostava de jogar em cima do feijão, o fubá que eu te fazia querendo que você ficasse forte de novo, tudo criando mariposas naquele espaço que há pouco tempo voltei a usar. joguei tudo fora, guardei as lembranças que esse dia me deu. passei pano no armário, limpei o vazio que ficou.
hoje sonhei que tinha diagnóstico de um câncer já espalhado. em uma e outra mama. dobrava as pernas pra caber o corpo todo no aparelho de ressonância, e ele estava lá, em vários lugares. eu estava sozinha, e a médica não escondeu nada: teria mais uns seis meses de vida. não ficava triste, nem assustada. só chorava pensando na tristeza da minha mãe. acordei e lembrei do sonho em que você me disse que a gente se encontraria em um ano. foi em julho. fiquei fazendo conta pra ver se batia uma coisa com a outra. rezei. pai nosso, ave maria. dormi e acordei nesse dia, nove meses depois de você partir. comi tapioca e fui arrumar a despensa.
daqui a pouco, às 11h, vou conversar com um tatuador. ontem me desanimaram da ideia de fazer um sol no dedo da aliança, parece que não é um bom lugar pra pôr sol. talvez eu faça um sol maior, em outro lugar. talvez eu faça uma linha, só uma linha no dedo. uma linha pode ser o horizonte e pode caber aqui, na minha mão.

29 ago

aconteceu de novo. encontrei um pedaço da nossa vida perdido na vida que fui levar. fui ao teatro, lugar bom pra promover encontro com coisas perdidas dentro da gente.
o homem que morre na peça chora e fala pra mulher: "eu estou chorando". pronto. saí dali pra outro tempo-espaço. era o que a gente falava quando brincava de chorar. a gente brincava de muita coisa, e de chorar era pra chamar a atenção um do outro pro que já era sabido. virava pro lado e começava a fungar, soluçando baixinho, entregando o choro que fingia estar escondendo. e você aprendeu até a chorar de verdade. "chora", eu te pedia e me divertia com aquela cara sem-vergonha, firmando o olhar até sair uma única lágrima, espremida. e a gente ria, e ria. e eu não tinha lembrado disso ainda.
têm quinze anos de vida pra aparecer por aí, me pegar de surpresa no cinema, dentro de um livro, na piscina, num lugar que a gente nem foi mas que carrega uma possibilidade de memória. têm quinze anos de você dentro de mim, e isso é semente de vida, pronta pra brotar.

10 set

hoje sonhei com você me perguntando "você acha que uma viagem separa a gente?", assim, por trás de mim, cochichando na minha orelha, rindo, leve, feliz com a certeza de que não, não separa, não. e você estava falando dessa sua viagem.

18 set

é que foi tudo sempre muito intenso:
você antes de mim, eu antes de você,
o nosso encontro
a nossa separação não podia ser diferente
a gente ainda está muito conectado

21 set

quase dez meses depois nosso amigo chamou e passamos um dia inteiro no sítio. fiz comida, sentei no seu lugar na mesa e pensei que tenho feito este caminho: passo primeiro pelo seu lugar pra depois chegar ao meu. pra encontrar de novo meu lugar na cama foi igual.
quase dez meses depois sentei de novo na varanda pra ver cair a tarde na montanha cor-de-rosa, na grama que voltou a ficar verdinha e não chorei, fiquei só sentindo.
tudo ali do mesmo jeito e de um jeito que nunca foi.
o sol veio e foi embora, é assim com a gente também.
quase dez meses depois descobri nova paixão, fácil como se já tivesse sido, assim como devem ser as paixões.
subi e saí remando, criando caminho lagoa adentro, barulho da água fresca e clarinha batendo na prancha, vento e sol no corpo molhado, eu e minha embarcação de um só, assim como a vida é.
no próximo sábado faz dez meses. no domingo vou remar mais, tentar de novo aquela alegria.
hoje eu só queria ter você.

27 out

ontem, exatos onze meses depois, fez também dezesseis anos que você chegou pra mudar a minha vida. e mudou tanto, que já não imaginava encontrar em mim algo que fosse anterior a tudo que vivemos. mas encontrei.
do lado de dentro da porta que teimo em abrir, escancarada pra vida que sou, estava eu com o coração acelerado de novo, um susto e a certeza de que posso abrir à vontade, seu lugar vai estar sempre aqui. porque não é um lugar, sou eu. você é em mim, aonde quer que eu vá.

9 nov

quase um ano depois os espaços entre a vida que acontece e estes registros aqui foram ficando maiores. penso na pessoa que tenho encontrado em mim a cada nova situação que experimento. penso em não ficar mais pensando tanto. comecei hoje a obra no sítio. vai ficar branquinho, vou pôr vasos grandes de barro e quero algumas flores. vou fechar uma porta, abrir uma janela grande e esperar pela surpresa de como a luz vai entrar agora. quero reunir amigos e soltar balões brancos no dia da sua passagem.
depois desse tempo em que só, sobrevivi, sigo vivendo. tenho entrado em contato com essa quem quer que seja que eu tenha me tornado depois de tudo. têm vindo susto, dúvida, alegria, ansiedade, medo, prazer, coragem, amor, força, gratidão. tem vindo vida, e a vida é assim.
esse fim de semana chorei muita saudade misturada com todos esses sentimentos, dentro da piscina. estava bonito, a água estava muito azul e depois de horas nesse mergulho dormi e acordei tranquila. era domingo e isso nem me assustou.

20 nov

ontem fez dezesseis anos que a gente se mudou pra nossa primeira casa. acordei com o peito e o pensamento cheios de gratidão. por tudo que foi a nossa vida, por tudo que você me deu, pela vida ter me dado você.

15 dez

penso que queria estar mais à frente na minha caminhada de recomeço. que queria poder voltar atrás, e essa é uma dor. penso que ainda assim dei muitos passos importantes, que busquei o novo, que estou aonde consegui chegar e que é daqui que tenho que partir. pensei em fazer uma lista de ano novo, dessas de desejos pra realizar e servir de guia:

viajar pra longe, ir pra fora, olhar pra dentro
lançar nosso livro
seguir minha busca de crescimento espiritual
seguir cuidando do corpo
incluir atividades físicas e natureza nos momentos de lazer
ser mais objetiva
ser mais generosa comigo
seguir doando meu tempo
ler mais
encontrar prazer de novo num ofício. será o mesmo?
viajar pra amazônia
ver coisas bonitas feitas por outras pessoas
fazer coisas bonitas também
aceitar um pouco do feio, do duro, deixar criar alguma casca
acreditar na vida, entregar e seguir forte e leve meu caminho

20 jul 2016

sempre quis escrever um livro e quando isso aconteceu eu estava distraída vivendo a minha mais intensa jornada de vida. isso aqui não era pra ser um livro, mas o que tem que ser acaba encontrando maneira de se tornar.

15 mar 2017

meu amor,

hoje o seu dia amanheceu azul. amanheceu. eu acordei, tomei café, tinha roupa no varal, lixo pra pôr pra fora, essas coisas que são o intervalo e a própria vida já acontecendo. estou quase terminando nosso livro, aquele com as coisas que eu não podia te dizer. o sítio está verdinho, está lindo! mudei algumas coisas, mexi nas cores, e isso me ajudou a voltar. dias atrás eu chorei de saudade, de pensar em como você gostava de tudo isso aqui. chorei de amor. veio junto uma leveza e a vida seguiu, mais uma vez, ordinário e fantástico que é viver.
hoje é seu dia e acordei com vontade de agradecer por tudo o que foi a nossa vida. coisa bonita, riqueza que ficou comigo, que você levou e que se renova, eternamente. acordei com muita vontade de viver esse dia. simples assim, simples assim.

Autora Glaura Santos
Ilustração Daniel Vitor
Projeto gráfico e Diagramação Glaura Santos
Revisão Valter Braga
Supervisão Alencar Fráguas Perdigão
Coordenação Editorial Luciana Fonseca Tanure de Castro
Assistência Editorial Sofia Rossi e Jasmim Paixão
Comunicação Claudia Brandão, Sandra Nascimento
Comercial Cláudia Masini Tonioni
Tecnologia de Informação Alessandro Guerra
Desenvolvimento de Projetos João Camilo Torres,
Renata Figueiredo (Casa Semente)

Quixote+Do Editoras Associadas
editora@quixote-do.com.br
www.quixote-do.com.br
(31) 3227.3077

Catalogação na Publicação (CIP)

Santos, Glaura
S237 Todo mar vai ser você / Glaura Santos; ilustrações Daniel Vítor. - Belo Horizonte: Quixote+Do Editoras Associadas, 2018.
176 p.: il. p&b

ISBN 978-85-66256-34-5

1. Poesia brasileira. 2. Prosa brasileira. 3. Diários. I. Vítor, Daniel. II. Título.

CDD: B869.8

Bibliotecária responsável: Fernanda Gomes de Souza CRB-6/2472

MISTO
Papel proveniente de fontes responsáveis
FSC® C092828
www.fsc.org

PRINTED WITH SOY INK

minha poesia voou

relatos de quem já mergulhou no meu mar

agradeço a todas as pessoas que dividiram comigo suas impressões e seus sentimentos, trazendo todo sentido à publicação e à reimpressão desta obra. convido você a compartilhar sua experiência também. uma onda de amor.

instagram: @glaurasantos
email: glaurasantos23@gmail.com